1 MONTH OF
FREE
READING

at
www.ForgottenBooks.com

By purchasing this book you are eligible for one month membership to ForgottenBooks.com, giving you unlimited access to our entire collection of over 1,000,000 titles via our web site and mobile apps.

To claim your free month visit:

www.forgottenbooks.com/free414061

ISBN 978-0-260-24859-6
PIBN 10414061

This book is a reproduction of an important historical work. Forgotten Books uses
state-of-the-art technology to digitally reconstruct the work, preserving the original format
whilst repairing imperfections present in the aged copy. In rare cases, an imperfection in
the original, such as a blemish or missing page, may be replicated in our edition. We do,
however, repair the vast majority of imperfections successfully; any imperfections that
remain are intentionally left to preserve the state of such historical works.

ALFONSO JARA

De Madrid á Tetuán

> Que chacun dise ce qu'il a vu, et seulement ce qu'il a vu; les observations, pourvu qu'elles soient personnelles et faites de bonne foi sont toujours utiles.
>
> (TAINE, *Notes sur l'Angleterre*).

MADRID
EST. TIP. DE RICARDO FÉ
Calle del Olmo, núm. 4

1903

AL LECTOR

L A actual revolución, que agita y sa-
cude al decrépito imperio del Mo-
ghreh atrae sobre él la atención de
los pensadores y estadistas de todos
los países cultos que, con afán creciente, se
aprestan al examen de la dolencia que le
aqueja é indagan las causas de ella, observan
sus síntomas y pronostican su marcha y fin
probables.

Si, como curso de Patología política, es
para todas las naciones de extremado interés y utilidad este estudio en organismo aje-

no de las enfermedades que algún día pueden venir á perturbar el funcionamiento del propio, porque de dicho estudio logran enseñanzas de que servirse como de medios preventivos ó, en último caso, como de remedios, para la que con el reino jerifiano tiene la intimidad estrecha que la vecindad y el parentesco engendran; para la que en sí siente el germen de algunos de los virus que le corroen, el fanatismo y la indolencia valgan de ejemplos; para la que en su territorio tiene enclavadas posesiones, aunque avaras de realidades pródigas de esperanzas; para la que en él ve la única posible y lógica base de futuros engrandecimientos, cuanto al Imperio que rigen los pretendidos descendientes de Alí y de Fátima se refiera, ha de ser de importancia imponderable.

Siendo esto así ¿cómo el Sr. Canalejas, jefe ilustre del partido democrático, político exímio, sociólogo insigne y, lo que más vale, hombre de corazón y de acendrado patriotismo que le impulsa á considerar como propio cuanto con el país en que vió la luz se relaciona, había de dejar de sentir el mismo generoso prurito que le llevó en aciagos días allende los mares á estudiar en las ciudades de la Unión y en los campos de Cuba el problema antillano á costa de privaciones, zozobras y peligros sin cuento? El señor Canalejas no podía contentarse con los relatos de la prensa. Necesitaba pisar el continente africano, ponerse al habla con los soldados que guarnecen las plazas que en él poseemos, cambiar impresiones con los diplomáticos en Tánger acreditados y con el que cerca de ellos representa al Sultán, escuchar á las misiones y comisiones que por allá enviamos, relacionarse con los corresponsales de los grandes periódicos extranjeros; tratar con moros y judíos, agotar, en suma, todos los medios de información, único modo de saciar su noble curiosidad.

El día 28 de Diciembre último salió, pues, de Madrid el Sr. Canalejas en unión de varios individuos de su distinguida familia y de algunos de sus muchos amigos políticos, cabiéndome la honra de contarme en el número de los que le acompañaron (1). Las maravillas de Córdoba, la tranquilidad y aseo de Algeciras, el aparato de fuerza que Gibraltar desplega, la extraña vida de Ceuta, los *horrores* de la travesía por el Estrecho, el deslumbrante cuadro de color de Tánger, las inquietudes de una excursión al través de la turbulenta tribu de Anyara y el poético ambiente de Tetuán recrudeciendo la incurable *grafomania* que padezco, me han movido á tomar la pluma para tratar de describirlos sin abordar problema político alguno, por vedármelo mi incompetencia y limitándome á consignar mis impresiones artísticas.

Aún reducida á estos términos mi tarea es harto dura para mis débiles fuerzas. A tu indulgencia la encomiendo, lector amable, y si después de haber recorrido estas páginas sintieras el deseo de conocer más por extenso lo que en ellas va como en cifra y com-

_____

(1) Tomaron parte en esta expedición las Sras. de Llorente y Riquelme y los Sres. Dr. Sanmartín, Villanova y Palomo; Senadores del Reino, General Segura, Días Moreu, Gayarre, Gutiérres Más y Saint-Aubín; Diputados, Reig, Alcalde de Alcoy, Barceló y Arredondo.

pendio, si para satisfacerlo leyeras algo de lo mucho bueno que sobre Gibraltar, Ceuta y especialmente Marruecos, se ha escrito en España y fuera de ella, si esta lectura te aficionase á aquellas tierras y si, finalmente, de esta afición hicieras activa propaganda, creería haber dado cima feliz á mi trabajo y pensaría que no estuve desacertado al emprenderlo.

I

CORDOBA

CÓRDOBA

—

«Corduba militiæ domus,
inclita fonsque sophiæ.»
(Divisa de Córdoba.)

AUNQUE en el programa de la expedición no entraba la parada en Córdoba, obligónos á ella un feliz retraso del tren que, al privarnos de enlazar en su estación con el que á Bobadilla había de conducirnos, nos permitió ver, si bien no más que á la carrera, á la ciudad famosa llamada un día sin gran hipérbole la Atenas de Occidente.

Sólo de cuatro horas disponíamos y era preciso aprovecharlas. Instalados en cómodo vehículo dejamos á la derecha la huerta de

Perea y la de la Reina á la izquierda, atravesamos la ronda de los Tejares y desembocamos en el paseo del Gran Capitán. Las hiladas de palmeras que forman sus calles, los naranjos que le alegran con el color de su preciado fruto, y las flores que en la morena cabeza lucían las lindas muchachas que cesta al brazo y con gallardo y airoso contoneo transitaban por él en dirección al mercado, hiciéronnos comprender que estábamos en Andalucía, mucho más elocuentemente que la temperatura que en aquella ocasión quedó muy por bajo de su fama.

El dueño del carruaje, al vernos dar diente con diente y frotarnos las manos (y no en señal de regocijo) se apresuró á salir por los fueros del clima; diciéndonos con aire de gran sinceridad:

—Han tenido ustedes desgracia, señores. Hoy es el primer día de frío.

¡Desdicha la mía! Siempre que en invierno me dirijo á regiones que pasan por templadas, llego el día en que dejan de serlo. Bien es verdad, que de estas decepciones me compensa el viaje de verano. El *primer dia de calor* nunca dejo de gozarlo.

Del que suelo no disfrutar es del último.

* * *

La colegiata de San Hipólito nos sale al paso. La guía nos dice que en su altar mayor recibe piadoso culto un notable *Ecce Homo*, obra de Valdés Leal y que en otras capillas yacen el fundador Alfonso XI, su padre el Rey Emplazado y·el ejemplar sacerdote Ambrosio de Morales, «esplendor de la literatura española y honor de esta ciudad».

Es una tentación el visitarla, pero no hay tiempo. ¡Otra vez nos postraremos ante el soberbio mausoleo, que en señal de reconocimiento por lo que le enseñó tu sabiduría, erigió tu discípulo el Arzobispo de Toledo D. Bernardo de Sandoval y Rojas, tu par en el amor á las artes y á las letras y sin par

en protegerlas! ¡Hacerlo es obligación sa⸗
da para los modernos *periegetas*, que con⸗
á maestro te veneramos y nos esforzamos
aunque inútilmente en seguir tus huellas!

El coche abandonó luego las anchuras del
paseo que con su belleza engalanan y con
sus risas y dichos regocijan las cordobesas
por las angosturas de la calle del Conde de
Gondomar, dobló después por la de Jesús y
María, como la anterior reducida, siguió por
las de Angel de Saavedra, Pedregosa y Céspedes, no menos estrechas, y paró ante la
Catedral, junto á la puerta llamada del
Perdón.

La primera impresión que produce este
edificio, que como dice su descriptor Morales es, justamente «alabado y estimado por
una de las más maravillosas obras que hay
en el mundo», es de desencanto. Los grie-

...y sus discípulos los romanos, no obstan-
...la severa sobriedad de que tanto gusta-
ban, exornaron el exterior de sus templos
con soberbias columnatas, y cubrieron con
el galano ropaje de la escultura la desnudez
de los miembros arquitectónicos. No era preciso acercarse á la áurea estatua de Minerva
que en el Parthenón se veneraba para sentir
la emoción de lo sublime. Bastaba á produ-
cirla la vista de la doble arcada de blanco y
fino mármol del Pentélico que adornaba á
aquel templo y la contemplación de los relieves de su friso. Los pueblos cristianos
tampoco descuidaron la ornamentación exterior. Aun en el primer período del arte romá-
nico, cuando la dificultad de resolver los pro-
blemas de la construcción imponía una gran
sencillez en la misma, elevábanse las fachadas de las iglesias á modo de frontón, sobre
cuyo ángulo superior descansaba la espadaña
y se adelantaban para formar el abocinado
pórtico, separado del cuerpo superior por
labrada imposta. Una torre de planta cuadrada se erguía sólida é imponente ya en el tes-

tero del edificio, ya en uno de sus costados
ya sobre el crucero. La escultura no era tam
poco desdeñada. La imposta que constituí
el entablamento se apoyaba en canecillos re
vestidos de figuras monstruosas, plantas exó
ticas ó labores geométricas, y estos adornó
revestían las archivoltas de las portadas, qu
llegaron á ser tan suntuosas y espléndida
como la celebérrima de la Gloria en Santia
go de Compostela. Sólo los árabes desdeña
ron la ornamentación externa. Como en l
filosofía de su arte aun hay mucho por estu
diar no podemos saber si presentaban, como
observa Owen Jones, sólidos muros exento
de todo adorno para inspirar al pueblo mie
do y obediencia, ó si lo hacían por el re
cuerdo de la vida errante del desierto, dond
para no despertar la vigilante codicia ajena
siempre á la rapiña dispuesta, daban tan mi
serable aspecto á sus viviendas, reservando
para el interior chales y alfombras, dosele
y cortinajes.

**

La puerta del Perdón no es auténtica. Siglo y medio después de conquistada Córdoba mandó construírla Enrique de Trastamara que hizo á esta población especial objeto de sus mercedes. Su arco de herradura, sus menudos estucos, sus delicados follajes, sus puertas y aldabones broncíneos y las columnas que la flanquean, obras son de artistas moros, pero no de moros libres, que para alabanza y gloria de su Dios y esplendor de sus califas trabajaran, sino de moros cautivos que, al labrar tanta maravilla, llorarían lamentando la triste habilidad de sus manos en servicio de una religión y de un rey odiados forzosamente empleadas.

El campanario que sobre esta puerta se alza nos llama la atención. No es un minarete auténtico ó apócrifo. Sus planos los trazó en pleno siglo XVI y con sujeción al estilo entonces dominante, Hernán Ruiz el Viejo, á quien confió el cabildo la misión de *adornar* y elevar la antigua torre ó minarete de Abderramán I, que por su forma y disposición no se avenía con las necesidades del culto. Tres siglos tardó el clero cordobés en notar la deficiencia.

Por esta puerta entramos en el patio de los Naranjos. Los árboles que le dan nombre lo perfuman, la hierba lo tapiza, las fuentes lo arrullan. Nos creemos transportados á Oriente ó á los mejores días del califato. Es que no hemos visto bien. Veamos. Feos claustros modernos le cierran por tres de sus lados robando carácter á aquel ameno pensil, que pensil es en el sentido propio de la palabra, pues como los muy famosos de Babilonia, está como colgado y suspendido en el aire, extendiéndose bajo él amplia cisterna, que según algunos equivocadamente suponen sirvió un tiempo de mazmorra.

La puerta de las Palmas, frontera á la del

Perdón y restaurada bajo Enrique II, nos dió acceso á la mezquita. ¡Con qué maestría supieron combinar los alarifes en aquel inmenso bosque de piedra la unidad y la variedad, fundamentos del Arte y normas de la vida! Representan la unidad, la igual altura de las ochocientas cincuenta columnas y su distribución simétrica formando diecinueve naves de Levante á Poniente y veintinueve de Norte á Mediodía, y acusan la variedad la procedencia de estas columnas traídas de diferentes climas y regiones, luego de haber servido de sostén á edificios de toda suerte, á templos y á arcos de triunfo, á casas y á teatros; la desemejanza de sus capiteles, corintios los unos, bizantinos otros, árabes muchos y románicos no pocos, y la diversidad de sus materiales, mármoles, jaspes, pórfiro y hasta lapislázuli. Reaparece la unidad en la forma de los arcos que separan sus naves y en la de los que sobre ellos se levantan para sostener la techumbre, y la variedad se nos ofrece de nuevo en la ornamentación, donde todos los dibujos y todos los colores se entrelazan y combinan de la manera más armónica para producir un cuadro de singular y sorprendente belleza.

—¡No cabe más!—gritamos con entusiasmo!

—Sí cabe—nos responde la Historia,—recordándonos que en tiempo de los Omeyas, libre del muro que hoy la encarcela, se confundían en la mezquita el perfume de los naranjos, que en calles paralelas dispuestos, venían á ser como la prolongación de sus columnas, con el aroma desprendido del dorado alfarje de alerce que éstas sustentaban; y que del alfarje pendían siete mil lámparas de cristal y alabastro, transparentes y opacas, blancas y policromas, que en el suelo, formado de menudo y brillante mosaico, se reflejaban en deslumbrante y caprichosa sinfonía de colores.

¡Qué ufanía la de Abderramán I al inaugurar oficialmente su creación portentosa! Tanta como la solicitud y diligencia con que atendió á su construcción. Generoso y magnánimo, comenzó por comprar á peso de oro á los cristianos su iglesia para derruirla y edificar la suya, en vez de arrancársela violentamente, como pudo hacerlo. Ordenó luego á los walíes que gobernaban las vastas provincias del Andalús que remitieran cuantos. materiales juzgaran de provecho para el nuevo templo. Rudos y torpes eran sus artífices. Para remediar esta falta envió embajadas con suntuosos presentes y liberales ofertas á la Corte de Bizancio, á fin de recabar de sus emperadores la cooperación de sus artistas, y mezclados con éstos trabajó manualmente una hora diaria durante los dieciocho años que duró la edificación de la mezquita.

¡Un soberano trabajando manualmente! ¡Cosa más rara! Suponen los autores que lo haría para estimular el celo de los obreros, olvidando que un déspota, por benigno que sea, dispone y usa de argumentos harto más *contundentes* que el ejemplo. Una poética tradición musulmana nos da la clave del enigma. Como no la he visto reproducida en ninguno de los trabajos sobre Córdoba que conozco, la juzgo de alguna novedad y no resisto al deseo de narrarla.

En los primeros y felices tiempos del mundo, antes de que el interés dividiera á los hombres y los vicios les infamasen, Alá vivía entre ellos, satisfecho de su obra, en una tienda tejida y colocada por los ángeles en el desierto, donde hoy se alza la Meca. El libertinaje, la ira, la codicia y otras malas pasiones hicieron necesario un tremendo escarmiento. El Creador envió el diluvio para castigo de las criaturas y las abandonó. Su tienda dejó de buscar apoyo en la manchada tierra para encontrarle en las inmaculadas alas de los ángeles, que desde entonces la mantienen suspendida sobre el lugar que antes ocupaba y que es y será siempre objeto de la singular predilección de su Señor.

Siglos después, Agar é Ismael, arrojados de la tienda de Abraham por los celos de Sara, erraban por los montes de Safa y de Maroua buscando con inútil afán una gota de agua que apagase la sed que les devoraba. A Ismael le faltaron las fuerzas. La animosa egipcia le colocó sobre sus tostadas espaldas y siguió caminando por el desierto, cuyo fin, como el de sus desdichas, no encontraba. Pero también desfalleció y dió en tierra con su cuerpo y con su carga. Sus lamentos fueron oídos. Había caído bajo la tienda de Alá, que envió al Arcángel Gabriel para que pusiera término á los trabajos de los pobres abandonados que desde aquel instante dejaron de serlo, pues haciendo de aquel lugar su residencia, quedaron bajo la inmediata protección del Altísimo, que para saciar su sed hizo brotar el agua milagrosa de Zem-Zem en el lugar donde el celestial mensajero posó las plantas.

El amor ó los remordimientos llevaron á Abraham en busca de su mujer y de su hijo. Gabriel hizo una nueva aparición y le or-

denó que edificara en aquel paraje sagrad
un templo, que fué el primero fundado entr
los mortales según el versículo 90 del capi
tulo III del Koran, dejándole como en se
ñal de que tal era la voluntad del Señor uní
piedra negra, cuya colocación en sitio deter-
minado cuidó de indicarle. Abraham y su
hijo Ismael se pusieron á la obra y la llevaron á cabo sin más auxilio que el de sus
propias manos (1).

Vemos, según esta tradición, conservada
por los koreikitas, al fundador del pueblo
agareno trabajando manualmente en la edificación de la primitiva Kaaba. ¿Qué tiene
de extraño que Abderramán, como en señal
de veneración y respeto á Ismael, tratara de
imitarle, siendo, como es, la imitación, la

---

(1) AL. GAVET: Art arabe.

mejor muestra de admiración que puede tributarse? Otro ejemplo tenía que seguir: el de Mahoma. Años antes de la predicación del Islam, una mujer encargada de quemar perfumes delante de la Kaaba, incendió involuntariamente el velo tendido ante su puerta. El fuego se propagó á todo el edificio y lo redujo á cenizas. Los koreikitas se reunieron para deliberar acerca de su reconstrucción. La penuria y atraso del país la hacían difícil. No hallaban medio de emprenderla, cuando he aquí que un barco encalla cerca de la moderna Djeddah. Corren á salvarlo y encuentran á bordo á un arquitecto copto y á los obreros que á sus órdenes se encaminaban á Abisinia á reedificar los templos derruídos por Cosroes, con gran copia de utensilios y materiales destinados al mismo objeto. Se apoderan de todo, dan gracias á Alá por el favor que les brinda y comienzan las obras. Todo marcha bien. Adelantan sin obstáculos. Pero llega el momento de colocar la piedra negra, único resto del incendiado edificio. Los jefes de las tribus se disputan el honor de hacerlo y van á venir á las manos. Ancianos prudentes logran **ha**cerse oir.

—Poned en Dios vuestra confianza—dic**en** —Y haced lo que Él ordene. Considerad **al** primero que venga de la montaña de Safa como su enviado para esta empresa.

Todos aceptan. Las obras se suspende**n**. La ansiedad es grande. Por fin distínguese un bulto en la lejana cumbre. El bulto crece y toma forma y proporciones humanas. Se adelanta. Ya se le distingue. Es Mahoma, **que** vaga por lugares apartados y esquivos preparándose con largas y solitarias meditaciones para emprender su reforma. Los ancianos le cercan y le encomiendan la honrosa misión, para la que la voluntad divina le **ha** escogido. Mahoma se prosterna en acción de gracias. Se acerca luego á la piedra sagrada y ordena á los jefes de las cuatro principales familias que la levanten del suelo sobre rica tela. De ella la coge y la coloca en la pared por su propia mano. Esta fué la base de su prestigio. No es insensato presumir que el primero de los Omniadas tratase de conseguirlo tomando parte material en la construcción de su mezquita. Y si el fanatismo de aquel siglo y de su raza celebró su celo de creyente, el escepticismo actual ha de alabar su sagacidad de político.

**

Los emires que le suceden continúan las obras de la mezquita, ampliándola, embelleciéndola y reparándola según los casos. Hixem I emplea los ocho años de su emirato en terminar el minarete, construir la sala reservada á las mujeres y labrar la fuente de las abluciones. Abderraman II levanta un nuevo Mirhab. Abdalá adorna los muros y las puertas é idea la maksoura y el sabat, y Abderraman III restaura el primitivo minarete.

En época de este último la estrella Sohail se levantaba á su mayor altura sobre nues-

tro horizonte, y la cultura y esplendor ará-
bigos á ella ligados, según poética tradición,
alcanzaban su apogeo. Á Córdoba afluían en
numerosas inmigraciones los más valiosos
elementos del desmembrado califato de Bag-
dad. Su población llegó á ser de 500.000
habitantes que se repartían en 12.000 casas
y tenían 900 baños públicos para su limpieza y recreo. Su comercio era tan activo,
que sólo de los derechos aduaneros vivía el
Estado. Su floreciente industria movía 80.000
talleres. Su adelantada agricultura convertía
en verjeles amenos y fecundos las cumbres
de las más estériles sierras. Sus bibliotecas
eran las primeras del mundo, y su Universi-
dad la mas sabia. Superior en el orden material á los Abasidas de Oriente, quiso Abderraman igualarles en el moral, y cambió
su título de Emir por el de Califa ó Vicario
de Mahoma y tomó el de Almumenin ó
príncipe de los creyentes.

Esta supremacía religiosa dió por resultado una extensa y feliz ampliación de la
mezquita, llevada á cabo por Alakam, se-

gundo de su nombre y de los Califas, que la aumentó casi en el doble y la dotó de una nueva *maksura*, de otro *sabat* y de un tercero y famosísimo *Mirhab*.

Había yo leído en el interesante estudio que sobre Córdoba comenzó á escribir el ilustre Pí y Margall una frase que quizás por lo muy sonora me parecía hueca. Decía refiriéndose á la mezquita que es «Album en que está consignada toda la historia del arte árabe». Al penetrar en el Mirhab de Alakam pude convencerme de la exactitud de su apreciación. *El platero que ha fabricado esta joya sabe ahora más de su arte* que cuando dos siglos antes dió comienzo á la mezquita, dibuja de modo más correcto, talla con mayor valentía y combina con superior acierto adornos y colores. Se ha hecho acabado artífice, ya que no ha podido convertirse en inspirado artista.

***

¿Porqué no se ha operado esta conver-
sión? Por imposiciones de la ley de heren-
cia. Contra ella chocan y se estrellan las
fuerzas exteriores que en cuatrocientos años
no pueden despojar á un pueblo de su carácter, resultado fatal de la acción de unas
mismas causas durante largas centurias. El
árabe las había pasado sumido en la barba-
rie y habitando en el desierto. Su imaginación no había podido desarrollarse por falta
de medios; que ninguno podía proporcionar-
le la vasta península que le dió nombre. En
efecto. Compuesta la Arabia de dilatados
arenales inútiles para el cultivo, constituían
su única riqueza los camellos, los caballos y
las ovejas. Esta riqueza pecuaria es de todas
la más inestable. Las epidemias y las pestes
acaban con ella. Cuando el temido azote
diezmaba los ganados de una tribu reducién-
dola á la indigencia, sus individuos en ejercicio del derecho á la vida se entregaban á la
rapiña. La tribu asaltada les hacía frente. La
más fuerte vencía y despojaba á la más dé-
bil. Siendo las únicas bases de su bienestar el

valor, el atrevimiento y la fuerza, estas cualidades tenían que entusiasmar á aquellos
bárbaros. Pero, ¿cómo darles forma plástica?
¿Cómo representarlas, si no tenían la calma y
el reposo indispensables para el cultivo de
las artes de la paz, y carecían de instrumentos y materiales?

No disponían de mármoles ni de alabas-
tros ni apenas de maderas. Ni el cincel ni
los pinceles les eran conocidos. La escultura y la pintura eran imposibles. La mó-
vilidad del suelo y la vida trashumante á
que les obligaba la necesidad de buscar los
pastos y los climas más convenientes en
cada estación para los ganados les impedía
levantar edificios. Su única morada era la
tienda que sobre cualquier terreno se arma
y acomoda y es transportable en el lomo
de un camello. La arquitectura era imposible. Siempre en lucha con la naturaleza, con
las fieras y con los hombres, eran fuertes, sa-
nos y vigorosos y se veían libres de esas aspiraciones confusas, vagas é incoloras que agi-
tan nuestra alma complicada y sólo encuen-

tra apropiada reproducción y eco análogo en la armónica combinación de las notas musicales. La música era imposible. Sólo de un arte podían disponer, de la poesía, que para producirse no necesita del auxilio grosero de la materia ni de los quintaesenciados refinamientos del espíritu. Los hombres son sus materiales y sus instrumentos. Todos sienten el amor y el odio y todos les buscan expresión adecuada. Mientras haya hombres, habrá poesía. Por eso los árabes del desierto tuvieron poetas que celebraron su arrojo, cantaron sus amores y lamentaron sus penas, pero carecieron de músicos, de pintores, de escultores y de arquitectos.

Tan faltos de preparación para las artes plásticas se encontraban á la aparición de aquel degenerado sublime que vino á regenerarlos, que, cuando bajo su espada victoriosa y la de sus primeros sucesores se lanzaron á la conquista del mundo y se extendieron desde las orillas del Ganjes hasta las cimas del Pirineo, no supieron ni imitar los restos de las pasadas civilizaciones y muer-

tas grandezas con que tropezaron. Limitá-
ronse á aprovecharlos, pero con tal falta de
gusto que en varias ocasiones arrancaron las
columnas para colocarlas á la inversa.

Pueblo tan rudo no podía hacerse artista
en el transcurso de cuatrocientos años, como
al principio de esta larga digresión decíamos
y por esta razón en el Mirhab de Alakam,
una de sus obras maestras nada crea, se limita á usar con más industriosa maña y mejor criterio los elementos ajenos y á reves-
tirlos y decorarlos con mayor perfección y
pompa. Pero esta falta de originalidad sólo
interesa al arqueólogo. Los amantes de la belleza no restituirán á sirios, persas, egipcios
y bizantinos lo que de su inspiración robó el
plagiario artífice que labró esta fábrica. ¡Qué
han de restituírselo! ¡Ellos quieren verlo,
como lo vimos nosotros, reunido y amalga-

mado para formar la más nueva, extraña, se-
ductora y peregrina de las concepciones! Admiran, no analizan. El arco de entrada les
sorprende por la ligereza y esbeltez de las
columnas en que se apoya y por la fina labor de su mosaico. Los muros les seducen
por la lisura y pulimento de los mármoles
que los tapizan. El entablamento les fascina
por la rica variedad de los arabescos, azules,
rojos, verdes y dorados, que formando capri-
chosas redes guarnecen las inscripciones co-
ránicas. El techo les confunde y maravilla
por la valentía y suntuosidad de aquella con-
cha de una sola pieza de mármol de más de
nueve metros de diámetro.

En las losas del suelo ha abierto un surco
el roce de las rodillas de los fieles que habían de dar de tal guisa siete veces la vuelta al santuario. ¡Siete veces! Setecientas la

dimos nosotros, arrobados, atónitos, suspensos, sin acertar á desprendernos de los encantos de aquella maga. Nuestra imaginación también giraba, pero en más amplio espacio. Ella nos hacía escuchar la voz del *muesin*, invitando desde el alto minarete á la oración del medio día. Ella poblaba el sagrado recinto de creyentes envueltos en blancas y flotantes vestiduras. Ella nos mostraba al imán, subiendo las siete gradas del suntuoso *mimbar*, compuesto de treinta y seis mil piezas de marfil, ébano, sándalo y áloe y recamado de oro y preciosas piedras para dar lectura á la cotidiana *Khotba* en el Corán de Othmán, cuya encuadernación era una maravilla de gusto y de riqueza.

Este libro era una verdadera reliquia. Según la tradición islámica no basta conocer el libro de Alá, es preciso haberle leído, haberle deletreado y haberle escrito. Fieles á estas máximas, todos los califas se creían en la obligación de hacer una copia del Corán. La que nos ocupa era obra del tercero de los sucesores del profeta y para mayor ilustración conservaba las huellas de la sangre de su autor que pereció asesinado, estando entregado á su lectura.

**

Arrancándonos por fin del prodigioso Mirhab quisimos proseguir nuestra visita á la mezquita, por la de la última de sus ampliaciones llevada á cabo por Aben-Abi-Amir-Almanzor. Pero como quiera que el público no tiene acceso á esta parte del templo por hallarse en restauración, forzoso fué que nos contentásemos con asomarnos á la empalizada que cierra el paso y que desde ella contempláramos la obra del poderoso hagib de Hixem II, de cuyos detalles de ejecución no pudimos juzgar, tanto por la distancia á que la veíamos cuanto por la obscura penumbra que la envolvía. Sólo alcanzamos á notar la inmensidad de aquella fábrica que la hace fiel trasunto de la pompa y orgullo de aquel hidalgüelo de Torrox, encumbrado más por

su propio mérito que por los favores de la
vasca Sohh á mayor autoridad y poder que
el mismo soberano.

Exceder al afeminado Hixem no era empresa que satisficiera la ambición de Almanzor. Propúsose sobrepasar á los más famosos de los Omeyas, así en el esplendor de
sus empresas militares como en la bondad
del gobierno y en la protección generosa á
las artes y á las letras. Hábil guerrero y des-
preciador de la muerte, redujo á los cristianos á los estrechos límites de los primeros
días de la reconquista. Amante de la justicia,
previsor y prudente, fué dechado de buenos
gobernantes y logró hacer olvidar los medios
no muy escrupulosos de que se valiera para
alcanzar poder tan bien ejercido. Protector
de los artistas empleóles en agrandar en casi
el doble á la mezquita, pero no le ayudó tanto la fortuna en este como en los otros em-
peños. Su ampliación destruyó la armonía
del edificio é hizo perder al Mirhab la situación litúrgica que le correspondía.

Con Almanzor concluyen la serie de refor-
mas de la mezquita. Su muerte señala la de-
cadencia del califato. Abdelmelik y Abderraman, sus hijos, siguen gobernándolo en
nombre de Hixem que sólo en placeres piensa
y entre mujeres vive, copiándolas en el recato
con que oculta su rostro á las miradas del
pueblo que le desconoce y desprecia. Los
Omniados desaparecen. Los walies se pro-
claman independientes. Córdoba se hace re-
publicana. Goza de alguna tranquilidad con
la nueva forma de gobierno y acaba por perder la independencia y verse reducida á provincia de la que lo fué suya, de Sevilla. Pasan por ellas Almoravides y Almohades y
es conquistada y restituída á la fe católica por
Fernando III el Santo en 29 de Junio de 1236.

Ningún recuerdo de este gloriosísimo mo-
narca pudimos hallar en la mezquita cordo-

besa. Probablemente al consagrarla el celo del Arzobispo D. Rodrigo se erigiría un altar necesario para las exigencias del nuevo culto, pero de él no ha quedado traza alguna. Quien sí la dejó y grosera fué Carlos V. ¿Qué le habría hecho el arte árabe para que de tal modo contra él se encarnizase? En Granada para edificar un palacio no halla mejor emplazamiénto que el ocupado por buen número de suntuosas habitaciones de la antigua Alhambra; sacrifícalas á su capricho y afea lo que resta con aquel inmenso pegadizo. En Córdoba falla á favor del cabildo en sus diferencias con la ciudad, cuyo consejo para impedir la reforma en mal hora proyectada por el Obispo D. Alonso Manrique había adoptado la enérgica determinación de condenar á muerte á todo obrero que tomara parte en los trabajos de demolición de la mezquita.

La reforma se llevó á cabo. La catedral cristiana, á que dió vida el genio de Hernán Ruiz el viejo, ocupa el centro del mutilado templo árabe. Es rica y hermosa, pero está fuera de su sitio. Por esta razón nos desagradó como desagradará á toda persona de buen gusto. Es preciso carecer de él para creer como alguno que es obra más acabada, digna y perfecta que la construcción omniada y para hallar poética y sublime la idea de levantar en medio del santuario de una religión otro santuario dedicado á religión diferente.

Pero hay más. La catedral ha matado á la mezquita. *Lo que puede haberse en otras partes ha deshecho lo que era singular en el mundo*, según comprendió, aunque tarde, la majestad de Carlos V. En efecto, no sólo se ha roto la armonía del edificio con el extraño pegote, sino que la grandiosidad de éste al obligar á desarmar la vieja techumbre, ha sido causa de que se destruyan los canalones por donde corría el agua entre los tejados de las antiguas naves con tan grave detrimento del primitivo alfarje que fué preciso sustituírlo en 1713 por el actual feísimo embobedado.

Con todo, justo es convenir en que la capilla mayor, el crucero y el coro son obras notables de uno de los mejores períodos de nuestra arquitectura, que colocadas en otro lugar causarían nuestra admiración por su ejecución esmerada y por la riqueza de sus materiales. Lo que no nos seduce ni allí ni en ninguna parte, no obstante el mérito que le dan los cordobeses, es la sillería de caoba del coro, verdadero «hormiguero de cosas en que se disipa la vista», como dijo Ponz, donde no hay parte grande ni pequeña, que no esté exornada con una prolijidad abrumadora.

La premura del tiempo nos impidió recorrer las muchas capillas de esta santa iglesia catedral, en alguna de las cuales hay pinturas de subido mérito debidas al elegante pincel de aquel su racionero tan perito en el ejercicio pictórico como en la escultura, arquitectura *omnium que bonarum artium va-*

riarumque linguarum, que mereció ser llamado de sus contemporáneos

¡Honor de España, Céspedes divino!

y *varón de muchas almas* por Menéndez y
Pelayo. Pero lo que el señor canónigo que
nos acompañaba no consintió que dejáramos
de ver fué la célebre custodia de plata de
Enrique de Arfe que en la sacristía de ordinario se conserva y sólo se expone en grandes solemnidades. Esta custodia de puro
arte gótico iguala, si no supera por la acer-
tada disposición de sus partes, delicadeza de
sus labores y número de sus figuras y adornos á las muy famosas de León, Toledo y
Sahagún, obras del mismo autor á quien es
inútil que encomie, pues como dijo su cele-
bérrimo nieto el autor del Tratado de *Varia
commensuración:*

Más le alaban las obras que acabó
que todo cuanto pueda decir yo.

Terminada nuestra visita á la catedral,
salimos de ella por uno de los postigos que

dan á la calle de Torrijos y nos encontramos enfrente del palacio episcopal, cuya
severa fachada exenta de adornos y con
raros huecos, le da el ingrato aspecto de prisión, cuartel ó fortaleza. Dicen que goza de
magníficos jardines que mantienen siempre .
verdes las muchas y claras fuentes que les
rinden el tributo de sus aguas, que tiene es-
pléndidos salones y que en uno de ellos, llamado de los Obispos, se parecen muchos de
éstos representados por diferentes pintores
en retratos entre los que sobresalen los de-
bidos al pincel de Juan de Alfaro.

Por falta de tiempo nos quedamos sin
verlo, mas no sin admirar el espléndido
paisaje que se divisa desde la plazoleta donde á mediados del siglo XVIII levantó el
Obispo D. Martín de Barcia el monumento
llamado Triunfo en honor del santo Arcángel Rafael, patrono de la ciudad. Distínguense desde aquella eminencia primero y
casi á nuestros pies la puerta del puente, de
estilo dórico, trazada, según dicen, por Juan
de Herrera y adornada con relieves atribuí-

dos á Pedro Torrigiano. Hasta casi tocarla
avanza el Guadalquivir describiendo una perfecta media luna como para indicar á Córdoba que es y será sarracena mal que les
pese á otras civilizaciones y culturas. Sobre
el río se alza un puente de dieciséis arcos,
obra atrevida de los muslimes. Al final del
puente se yergue la Calahorra ó Carraola,
fortaleza que servía para su amparo y defensa. Viene después el campo de la Verdad,
teatro de las hazañas del Adelantado don
Alonso de Córdoba, que en suave pendiente
se eleva hasta confundirse con las últimas
estribaciones de la sierra.

Sólo una hora faltaba para la salida del
tren. No podíamos descuidarnos. Apenas
había el tiempo preciso para almorzar y saludar á las comisiones que esperaban á
nuestro ilustre jefe en la estación. A ella nos

dirigimos desprendiéndonos con pena de aquel panorama encantador.

Era medio día. Córdoba adormilada á nuestro arribo estaba entonces despierta. El espectáculo de su flaca vida nos entristeció. Sus calles remedan praderas por la vegetación que entre las piedras libremente nace y se desarrolla. Sus tiendas más que de ciudad parecen de villorrio por su pobre aspecto y mísero surtido. Sus hijos como hombres de otros tiempos menos agitados y febriles que los nuestros caminan con lento y perezoso andar. ¿Á dónde se dirigen? ¿Á la oficina? ¿Á la fábrica? ¿Al escritorio? ¿Á la biblioteca? Al café ó al casino. En Córdoba los hay soberbios. La primer curiosidad que se enseña al forastero es la catedral. La segunda el *Club Guerrita.* La tercera... pero este es honor que no se prodiga fácilmente, la casa del célebre torero. Yo no pude visitarla, aunque uno de los expedicionarios, muy amigo de Rafael, tuvo la delicada atención de invitarme. Los que lo hicieron regresaron deshaciéndose en elogios de la generosidad con que en ella habían sido regalados, y encareciendo el boato y esplendor de su oratorio, salones, caballerizas y patio.

Este es uno de los lujos de Córdoba. Los tiene soberbios, con losas, columnas, fuentes y estatuas de mármol, tapices de verdura en las paredes, rosas, claveles y albahaca en macetas y arriates, y canarios y jilgueros prisioneros

en el metal de las doradas rejas.

Son el cuarto de costura de las cordobesas, su salón de recibo y el templo de sus amores. La cancela que del zaguán los separa viene á ser como el velo que en las antiguas religiones impedía á los profanos la entrada al santuario. ¡Dichosos los iniciados que allí penetran!

Llegamos á la estación, almorzamos y subimos al tren. Sonaron las voces, pitos, cam-

panillas, silbidos y demás incómodos é in-
necesarios ruidos que preceden á su salida y
arrancó por último. Mis compañeros se entregaron al tresillo y yo á la lectura de la
guía, para marcar lo que había visto. Quedaron sin señal el Campo de los Mártires, la
casa de D. Juan Conde y el convento de
San Agustín en la ciudad y el de San Jeró-
nimo en sus alrededores. En este último se
albergan los alienados de la provincia. Á
locos ha vuelto lo que de locos vino, que lo-
cura de amor dió origen á la grandiosa Me-
dina Zahara con cuyos restos se construyó
en 1405 este edificio.

***

Córdoba es árabe, ¿por qué no despedir-
nos de ella con un cuento de las *Mil y una
noches?* Mahkari lo refiere. En su pasión por
Zahara, aquel Abderramán III tan magnífi-
co, nada de cuanto poseía encontraba digno

de ofrecerle y pensó en levantar una ciudad donde cuantas 'maravillas idearan Oriente y Occidente se hallaran reunidas en honor de la esclava favorita. El palacio parecía obra de hadas y engendro de gnomos; Doce mil columnas de bruñido mármol le decoraban. Las más ricas piedras tachonaban el oro cincelado que cubría sus paredes. Animales monstruosos por su tamaño y forma arrojaban por las abiertas fauces aguas de olor y perfumes de la Arabia sobre enormes pilas de alabastro. Aceites odoríficos ardían en suntuosas lámparas...

Arriba lo decíamos. Sólo á la poesía está abierta la imaginación de los árabes.

II

ALGECIRAS

ALGECIRAS

——

NGOLFADOS mis compañeros en los lances y percances del tresillo y entregado yo á mi lectura, sin dirigir la vista al exterior, por considerarlo ocioso, pues los cristales esmerilados por el vapor de agua nada permitian ver, atravesamos el Guadalquivir, dejamos atrás á Montilla famosa por sus generosos vinos, á Puente Genil, La Roda y otros lugares y llegamos á

una estación, que en feria convertia
el vulgo, con su eterna gritería.

Era la de Bobadilla. Los viajeros, amedrantados se asomaban á las ventanillas sin osar poner el pie en el estribo creyendo que había revolución, tal era la confusión que allí reinaba. Los periódicos habían dado la noticia, y el pueblo en masa había acudido al andén y lo llenaba y se desbordaba por la fonda, por el despacho del jefe, por las dependencias todas, atropellando cuanto le salía al paso, arrollando á empleados, agentes de orden público y guardias civiles, estrujando á nuestros amigos de Málaga y Granada allí reunidos para saludar y agasajar al Sr. Canalejas, confundiéndose con ellos en este deseo y excediéndoles en el expresivo modo de manifestarlo.

El trazado de la línea de Bobadilla á Algeciras es de los más valientes y costosos, por los montes que horada, desfiladeros que cruza y abismos que salva. La obscuridad nos impidió ver esta obra de titanes; pero no juzgar de ella. Unas veces la respiración anhelosa del tren nos daba idea de la altura de las cimas que escalábamos, la inclinación del coche, nos manifestaba otras, que describíamos curvas de inverosímil diámetro, el ruido metálico de los puentes que atravesamos ríos y cortaduras, la humedad de los túneles que penetrábamos en las entrañas de la tierra.

Como la escasa y vacilante luz de la lámpara no dejaba distinguir ni las letras del libro, ni las pintas y palos de los naipes, dimos de mano á la lectura y al juego y libertad á la lengua. Las de los técnicos se despacharon á su gusto censurando al ministerio que, temeroso de que en caso de guerra con la Gran Bretaña pudiera ésta utilizar la línea que recorríamos para transportar al centro de España las tropas desembarcadas en Gibraltar, obligó á la compañía á modificar su primitivo proyecto, según el cual debía la precitada línea morir en la posesión inglesa con gran provecho de toda aquella comarca. Un río de oro correría por ella y alguna pepita se quedaría entre sus arenas.

.*.

Dieron fin á estas disquisiciones el tren, parándose bruscamente, y los mozos gritando:

—¡Algeciras! ¡Algeciras!

¿Algeciras? ¡A tierra! No. Esta es Algeciras-Estación y nosotros vamos á Algeciras-Puerto. Y en efecto, se llega en el tren al mismo puerto, á la orilla del mar donde el día que funcione torpemente un freno se precipita.

La línea férrea y un mísero arroyuelo separan de la población los hoteles *Anglo-Hispano* y *Reina Cristina*. Ambos son amplios, lujosos, soberbios, tienen excelente servicio y precios en consecuencia y albergan distinguida clientela.

—Vamos, algo ha salido ganando Algeciras con ser término de la línea,—dije á alguno.

—Quiá, no, señor,—me contestó.—Los dueños de estas fondas son ingleses. La compra la hacen en el Peñón y en el Peñón se proveen los huéspedes de todo cuanto necesitan.

⁂

¡Pobre Algeciras! Parece condenada á eterno vasallaje. Dos hechos y dos fechas bastarán á probarlo. Por cédula de privilegio dada en Agreda á 15 de Diciembre de 1462 y dirigida á todos los concejos de su reino, concedió Enrique IV á Gibraltar las tierras y pertenencias de aquella población:

«Bien sabedes, dice, como por la gracia de Dios, é con su ayuda se tomó la cibdad de Gibraltar, que era de los moros, enemigos de la nuestra santa fee catholica, la cual es mia é de la corona real de mis reynos é señorios, é como la dicha cibdad es guarda del estrecho para que non passen ayudas de gentes al rey é reino de Granada, nin los de caballos, nin armas, nin mantenimientos, nin otras cosas algunas; é como la dicha cibdad está despoblada, et que para la poblar yo debo faser grasia é mersedes á los que á la dicha cibdad se quisieren venir á morar, é avecindar, é vivir, é estar continuamente en ella con sus mugeres é fijos, porque con mayor ánimo se dispongan á mi servir, é á defender, é amparar la dicha cibdad, é á guardar el dicho estrecho: E porque yo soy informado que la dicha cibdad tiene muy poco termino para los vecinos que de rason en la dicha cibdad deben vivir, é morar segund la grandeza de ella, é porque entre las otras cosas que á los vecinos que á la dicha cibdad se quisieren venir á morar ó vivir, es necesario les dar termino, é pastos para que pastan con sus ganados, é tierras en que aren é labren, é siembren, é puedan plantar viñas é tierras; por ende es mi merced, *que los vecinos que agora viven é de aquí adelante vivieren en la dicha cibdad de Gibraltar puedan pascer y pascan con sus ganados, é puedan labrar, é sembrar, é plantar viñas é huertos en termino de las Algeciras; é non otra persona, nin personas algunas de cualquier destas dichas cibdades, é villas, é logares, nin de alguno, nin algunos dellas, et asi mismo es mi merced que ninguna nin algunas personas non sean osados de cortar madera en los terminos de la dicha cibdad de Gibraltar, é de las dichas Algeciras, salvo los vecinos que agora viven, é de aquí adelante vivieren en la dicha cibdad de Gibraltar.»*

A ésta sucedió la de San Roque en sus abusivos derechos. Para gozar de jurisdicción propia y rehabilitar su título de ciudad, se vió Algeciras obligada á sostener contra ella un pleito en 1736. Fundaba sus pretensiones en la nueva forma y grandeza de su planta delineada por un ingeniero de los reales ejércitos, en la feliz restauración de su antigua iglesia de Santa María de la Palma, en el rápido aumento de su vecindario, que crecía y prosperaba con los muchos emigrados que de Gibraltar acudían y en la opresión en que la tenía San Roque, que gozaba de sus términos y repartía con irritante desigualdad los impuestos y el trigo del pósito. No obstante la justicia de sus pretensiones, no logró verlas en todo satisfechas hasta 1756, en que por providencia del Consejo Real se separaron sus términos de los de San Roque y los Barrios. Del título de ciudad y de ayuntamiento propio gozaba desde el año anterior.

.*.
* *

Un moderno puente de piedra pone en comunicación la barriada que pudiéramos llamar de las fondas con la ciudad. Sus calles anchas y rectas, llanas en el barrio de la Marina, elévanse luego en suave pendiente para llegar á la plaza Alta, que, en rigor, debería llamarse Media, pues entre la Baja ó del Mercado y la de San Isidro, que, con sus bosques y jardines corona con verde guirnalda á la ciudad, se halla emplazada. Sus casas, muy bajas, muy blancas y muy adornadas con inmensas, vistosísimas y complicadas rejas pintadas de verde, recuerdan, por su distribución interior, las pompeyanas. La del opulento banquero señor Casola, á quien tuve la satisfacción de visitar, consta de portal *(ostium)*, primer patio *(atrium) (tablinum)* ó sala que pone á éste en comunicación con el segundo *(peristylium) (xisto)*, jardín ó huerta; y aunque no la ví, por testimonio más grato que el ocular, respondo que de muy bien abastada *cella vinaria.*

El centro de la animación es la ya citada plaza Alta, donde, por iniciativa de Castaños, se colocaron en 1807 muchas plantas, algunos árboles, dos fuentes y una columna, destinada, indudablemente, á pedestal de una estatua. Como Algeciras no ha producido santos, héroes, ni siquiera ministros, ya que el de Hixem II, que se supuso era natural de ella, ha resultado torroxeño, allí sólo puede tener asiento la efigie de Alfonso XI, que la arrancó del poder de los hijos de Mahoma, ó la de Fernando VI, que la libertó de los de San Roque, según hemos visto, á no ser que, como afirma el vulgo, se reserve para el primer algecireño que no se dedique al contrabando.

¡El contrabando! Esta es la única industria que Algeciras explota. Á él se dedican hombres y mujeres, viejos y niños, todos los días del año, sin exceptuar los festivos. Pero...

> Hasta la leña del monte
> tiene su separación:
> de la gorda, se hacen santos,
> de la menuda, carbón.

Los peces gordos pasan por la red de la Aduana con facilidad pasmosa; crecen, prosperan y ocultan sus escamas con disfraz de capitalistas y banqueros, en tanto que los pececillos, la morralla, se enganchan y enredan en sus hilos y van desde sus mallas á la cárcel, luego de haber sufrido lo más denigrante á la dignidad de un hombre, que otro le toque, le palpe y le registre.

Aún lo recuerdo. Volvía yo una tarde de Gibraltar con un paquete de cigarrillos egipcios. Al llegar á la aduana me detuvo la cola compuesta de obreros en su mayor parte. Los carabineros les tentaban los brazos, luego se los levantaban dejándoselos en cruz y les metían las manos por la abertura de la camisa, en los bolsillos, entre los pliegues de la faja. Los obreros sufrían el escrupuloso registro, inmóviles, indiferentes á la afrenta. Yo arrojé al mar mi paquete para poder afirmar que nada llevaba, y requerí mi bastón dispuesto á castigar de obra al que hubiera osado poner en duda mi palabra. No fué preciso. Mi sastre me había extendido un salvo-conducto.

III

GIBRALTAR

GIBRALTAR

—

OS vaporcitos *Elvira* y *Margarita*, recorren en media hora y varias veces al día las dos millas que separan á Gibraltar de Algeciras. ¡Qué travesía más corta y qué lugares más diferentes! Si embarcamos antes de las ocho de la mañana, aún encontraremos en la rada de Algeciras al *Virgen de África* ó á *El Apóstol* esperando la hora de conducir á Ceuta el correo de la Península. Pero si utilizamos el vapor de las diez ó cualquiera otro que con posterioridad tenga salida, veremos desierto el fondeadero. Ni una vela interrumpirá con la blancura de su lona el azul del firmamento, ni una chimenea enturbiará el ambiente con las negruras de su humo, ni un remo golpeará el agua con el azote de su paleta. Pero nuestro barco avanza y se aproxima á la posesión inglesa. La soledad del mar desaparece. Enormes trasatlánticos, acorazados poderosos y elegantes yates de todos los países del mundo lo pueblan y animan con la variedad de colores de sus cascos, con los silbidos de sus sirenas y con el vocerío de sus tripulaciones. Mezcladas y confundidas en confiado abandono aquellas embarcaciones, parecen hermanas. No lo son. Los padres son distintos. El lucro, el odio y el ocio las engendraron. Sólo tienen de común la vileza del origen. Pero, ¿qué sentimiento generoso y noble pudiera darles vida? Ni *amor más poderoso que la muerte.* Sólo de un amante se sabe que haya tenido valor para lanzarse al mar, sufrir sus veleidades y arrostrar su cólera. Pero como Leandro era único tenía que atravesar el Helesponto á nado. Carecia de medios para fletar un barco. Los avarientos, los ambiciosos y los aburridos forman legión, y en la asociación hallan manera de construir, botar y mantener estas máquinas, y hasta de abarrotarlas como almacenes, armarlas como ciudadelas ó engalanarlas como queridas, de lujo.

La que nos conduce disminuye la marcha al aproximarse á sus gigantescas compañeras; titubea un instante; piensa y cavila por dónde hallará camino en aquel enmarañado laberinto; lo encuentra por fin y salva la distancia que del muelle la separa. El espectáculo común á todo desembarco se ofrece luego. Mozos que gritan los nombres y excelencias de las fondas, cocheros y guías que ofrecen sus servicios, mocetones que tratan de apoderarse de los baúles, chicuelos que se cuelan entre las piernas, pregonando los periódicos. Lo que no es corriente es lo que sigue. Gibraltar como puerto franco no tiene aduana. Nadie nos registra, nadie nos molesta. Nuestra palabra de que no llevamos armas de fuego ni bebidas espirituosas, únicos artículos que quedan excluídos de la libertad de su trato, bastan al funcionario de policía que nos sale al encuentro. Otro de éstos tiene en la enguantada mano un rimero de cartoncitos numerados y firmados por su jefe superior. Son los permisos que autorizan á los extranjeros á permanecer un día en la plaza. Es una mera fórmula. Ninguna formalidad hay que llenar para obtenerlos y nadie reclama su exhibición.

El camino que seguimos divide en dos el Mercado. En la parte que queda á la derecha europeos y europeas venden carnes de apetitosa apariencia, ricas legumbres, pescados y flores. La de la izquierda es la recova y se halla en manos de moros. Son los primeros que vemos y su traje nos choca. Se compone de amplio pantalón, dos chalecos algo á modo túnica, todo del mismo obscu-

ro color, faja de más viva entonación, rojo
fez, blanca chilava, y amarillas babuchas.
¡Grata sorpresa! En ambas alas del mercado
se habla nuestro idioma y corre nuestra mo-
neda de modo casi exclusivo.

•.

Inmediata al mercado se alza la *Waterport
Gate* ó puerta del mar que da acceso á la
Casemates Square ó plaza de las Casamatas,
al S. de la cual corre la *Weterport Street*,
(calle Real cuando era nuestra) que con la
Iris Town, su paralela, constituye el centro
del movimiento de la ciudad. Las demás son
cortas, estrechas, tortuosas y muy pendientes. Los ingleses, que no son hipócritas, no
les dan nombre de calles, *streets*, sino de *la-
nes*, callejuelas. Aun aquéllas no son muy
anchurosas ni en ellas abundan esos edificios
aislados y bajos, buenos para albergar á una
sola familia de que tanto gusta la indepen-

dencia britana. No puede haberlos. Los dieciocho mil habitantes del Peñón y los cinco mil soldados que lo guarnecen, sometiéndose á la tiranía del terreno, han tenido que acomodarse en muy reducido espacio y prescindir de muchas de sus aficiones.

De lo que no han prescindido es de la limpieza, extremada á pesar del movimiento. ¡Y qué movimiento! Marea. Carros, camiones, coches, caballos y bicicletas, se deslizan con singular maestría manejados, sin ocasionar sustos ni producir atropellos por entre una turba-multa de soldados y paisanos, de europeos y moros, de indios y judíos que se apiñan, rodean, pisan y estrujan en aquella larga calle Real que va cambiando de nombre á medida que avanza y donde se hallan las mejores fondas, la Bolsa, la Catedral, Palacio de Justicia, la iglesia protestante y el antiguo convento de San Francisco, residencia hoy del Gobernador de la plaza.

Gibraltar no es nonumental. Sólo dos edificios llaman nuestra atención y no por su
valor artístico; Santa María y el Palacio del
Gobernador. La primera ocupa, según ma-
nifiesta el jurado D. Alonso Hernández del
Portillo en su historia manuscrita de esta
ciudad, el antiguo emplazamiento de una
mezquita que supone no sería de las peores,
por lo que en la época en que escribe (principios del XVII) se mantenía aun en pie. De
esta primitiva fábrica se utilizaron los ci-
mientos y algunos muros y materiales para
el templo cristiano, comenzado bajo los Reyes Católicos que al efecto le hicieron generosa donación de la mitad de las tercias que de
derecho les tocaban en los diezmos de la ciudad. Pero la construcción se llevó con tal
lentitud que aún estaba por terminar cuando
perdimos la plaza. Concluída en un período
de pésimo gusto y retocada recientemente,
sólo es interesante esta iglesia por haber sido
la única que quedó habilitada para el culto
católico cuando el reformado vino á diputar-
le en el Peñón el dominio de las conciencias.

¡Notable figura la del benemérito patricio D. Juan Romero de Figueroa, párroco de Santa María en aquellos días aciagos! «El ayuntamiento de Gibraltar, la clerecía, los religiosos, la nobleza y casi todo el pueblo dirigidos por los más nobles principios de fidelidad, perdieron sus casas y conveniencias, y abandonaron su patria, sacrificando sus haciendas en obsequio del rey que habían jurado», dice López de Ayala y añade: «Consta que quedó una mujer sola y muy pocos varones. Las demás personas llenas de terror y sentimiento y dando justificada libertad al llanto, se despidieron de su patria para no volverla á ver, inciertos del rumbo que habían de seguir y del destino que les aguardaba. Algunos perecieron de la hambre y la fatiga, otros pasaron á habitar pobremente en Tarifa, en Medina-Sidonia, en la serranía de Ronda, en esta ciudad y en las de Málaga, Marbella y Estepona.»

Entre los que permanecieron fué uno, el cura Romero de Figueroa. Según él declara en sus apuntes determinó marchar con sus

feligreses á buscar asilo en otro país y llegó
á disfrazarse de peregrino para realizarlo. Un
escrúpulo le contuvo. La plaza quedaba en
poder de gente de otra religión. Siendo así,
él no podía abandonarla, según la opinión
de los doctores sumistas, sin consumir previamente los sacramentos. Vuelve á su iglesia para hacerlo y ya no tiene ánimo para
salir de ella.

Los ingleses saquearon el santuario de la
Virgen de Europa y las casas de los fugiti-
vos. Los españoles y los franceses bombar-
dearon la ciudad. El hambre diezmó sus escasos habitantes, y él en tanto buscando en
su alma superior consuelo á tanta tribulación
y amargura, distraía su pena dándole salida
en elegantes elegías latinas en las que lloraba la destrucción de su pueblo, la ruina de
su religión y los dolores de sus hermanos.

Grande fué el suyo al verse vituperado de
vasallo infiel y mal guardador de los fondos
parroquiales, pero pudo rebatir estas calum-
niosas imputaciones y justificar plenamente
su conducta, demostrando que no por des-

lealtad al rey y desamor á la patria perma-
neció en Gibraltar cuando los demás huyeron, y si por cumplir celosamente sus debe-
res sacerdotales y que de su iglesa no faltaba «ni un clavo». Aún hizo más este hombre admirable. Cuando los repetidos desastres de las tropas franco-españolas le con-
vencieron de la imposibilidad... dificultad, si
queréis, de rescatar el Peñón, á riesgo de su
vida, sacó cuantas alhajas y objetos de valor había en el templo para que no estuvie-
ran en suelo infiel y extranjero, é hizo con-
ducirlas á los pueblos inmediatos.

El antiguo convento de San Francisco ha
sido transformado en cómodo palacio del
más puro gusto inglés. Bajo, modesto, irregular, en su fachada parecen descuidadas las
líneas, olvidada la simetría, desdeñado el or-
nato y proscrita la ostentación. La utilidad

no más ha sido atendida. Los que le habitan, por elevada que sea su posición social, son hombres, y sus necesidades y sus aficiones son las de los hombres. Gustan eomo ellos de la luz, del aire y de las vistas. Los arquitectos se han esmerado en complacerles, y han construído galerías de cristales para el invierno, corredores descubiertos para el verano y elevadas torres para todo tiempo. ¿Que la torre, el corredor ó la galería interrumpen la armonía del edificio? No importa. Allí se han colocado donde ha sido preciso; donde más se domina, las últimas; donde más sopla la brisa, los segundos; donde más aprieta el sol, las primeras.

¡Qué diferencia entre esta casa de amena huerta, amplias y ventiladas salas y muebles cómodos y resistentes, y los de nuestras autoridades; por fuera ostentosas y por dentro sobre ostentosas incómodas! La compostura, fragilidad y delicadeza de las sillerías Luis XV, que de ordinario las adornan, embarazan los movimientos de los que osan ocuparlas siempre temerosos de romperlas. Su colocación en formación correctísima á lo largo de las paredes recuerda la de las casas de muñecas. ¿Serán muñecos los que las usufructúan? ¿Paralizarán toda acción? ¿Impedirán todo progreso?

Inglaterra ha nombrado siempre Gobernador de Gibraltar á un general de altas y raras prendas probadas por el acierto. El actual es White, el defensor de Ladysmith, sin cuya porfiada resistencia hubiera tal vez perdido el imperio británico su pleito con los boers. No es este momento oportuno para juzgar de la justicia ó injusticia de aquella guerra, pero todos lo son para rendir tributo de admiración á los héroes.

Los coches son cómodos, lindos, aseados y ligeros. Barnizadas tablas de clara madera forman su caja, blanca toldilla los resguarda de los ardores del sol y un caballo de buena lámina los arrastra. En uno de ellos me hice conducir á la Púnta de Europa. Salimos de la ciudad por la *Southport Gate* ó puerta del Sud, erigida por Carlos V, cuyas imperiales armas juntamente con las de Gibraltar y las columnas de Hércules ostenta sobre uno de sus arcos. En el inmediato presenta las de sus actuales dueños. Forma esta puerta parte de lo edificado en 1552 por el célebre ingeniero milanés Juan Bautista Calvi, para preservar y guarecer á la plaza de los insultos, amenazas y rebatos de que era constante objeto de parte de los turcos, que doce años antes de empezadas estas defensas creyéndola sin ninguna, la habían asediado en memorable y sangrienta jornada que halló cronista adecuado en el sabio y valeroso caballero D. Pedro de Barrantes y Maldonado, que á ella concurrió por el Duque de Medinasidonia que, por ser del ilustre solar de los Guzmanes, se creía en el derecho y deber de mirar por la seguridad de Gibraltar, unido por el destino á los de su casa, pues el fundador de ésta Alonso Pérez de Guzmán, la rescató por primera vez del poder de los agarenos, el primer Conde de Niebla murió en sus aguas al intentar recuperarla y el primer Duque de Medinasidonia la ganó definitivamente.

.

***

¿A dónde volver los ojos al salir por esta puerta? A la derecha tropiezan con las tristemente célebres *Ragged Staff Stairs,* á la izquierda con *el Trafalgar Cementery:* Este nos recuerda la destrucción y ruina de nuestra armada, hundida para no alzarse á pesar de los bálsamos, gotas y elixires de los Dulcamaras políticos, y aquéllas el más triste suceso de nuestra historia moderna, la pérdida de Gibraltar, primer favor de los Borbones á su nueva patria. Por ellas tomaron tierra el día 4 de Agosto de 1704 cien audaces marineros ingleses, que, corriéndose por la costa en dirección del muelle nuevo, mientras el grueso del ejército cargaba sobre el viejo, se apoderaron de los religiosos, niños y mujeres que, por librarse de la lluvia de plomo que treinta navíos del almirante Rooke disparaban, habían buscado asilo en el santuario de Nuestra Señora de Europa. Los gritos, alaridos y lamentos de los sorprendidos llegaron á oídos de los que la ciudad defendían, que temerosos de las demasías de que aquella mísera gente pudiera ser objeto, pasaron por el dolor de arriar la bandera española y de enarbolar la blanca.

Pero apartemos la vista de tan tristes lugares y dirijámosla á la risueña Alameda, que ante ella extiende sus frondosísimos bosques y dilatadas praderas, donde árboles y plantas de todos los países y latitudes exhiben y ostentan las rugosidades de sus troncos, la pompa de sus ramas, la alegría de sus flores y la lozanía de sus frutos; pues

la indulgencia del invierno y el escaso rigor
del verano, que la brisa del mar templa y
mitiga, toleran que palmeras, cocoteros, bu-
ríes y naranjos, vivan en amigable consorcio
con álamos de anchas hojas, olmos de espe-
sas copas, pinos siempre verdes y madrugadores almendros. Pero ni allí ha podido Gibraltar prescindir de la fanfarrona ostentación de su fuerza. Cañones rodean los bustos
de Elliot y Wellington. Cañones separan los
paseos reservados á los peatones de los destinados á jinetes y ciclistas. En Gibraltar
hay cañones por todas partes, como que
tiene 1.000 sin contar con estos de mero
adorno.

El carruaje recorre la Alameda en todos
sentidos, sube y baja, sometiéndose á las
ondulaciones del terreno y la deja por último. Nos asomamos al Puerto Militar y al
muelle nuevo. Infinidad de obreros españoles, de La Línea en su mayor parte, trabajan
en sus obras en profundo silencio, y con un
afán y un esmero que no emplean en los
nuestros. No fuman, ni dirigen chicoleos á

las mujeres que pasan. ¿Quién obró tan admirable mudanza? La severidad de la administración inglesa. Los individuos que allí concurren saben que serán despedidos si no trabajan, y castigados si se desmandan, sin que las recomendaciones les valgan ni les salven, y quieren asegurar su pan.

.*.

De la *New Mole Parade,* por pendientes escarpadísimas que suben serpenteando entre los floridos jardines y villas de todos gustos y estilos del modesto barrio de Rossia, nos dirigimos al Hospital construído por Inglaterra «para curación y alivio de su marina», que por tener que surcar tan varios mares y recorrer tan apartados países, se halla expuesta á todo linaje de dolencias. La admirable situación de este edificio, su capacidad y el regalado trato que en él reciben los enfermos, si no les devuelven la

salud perdida han de serles de mucho consuelo físico y moral.

Inmediatos al Hospital están los cuarteles
de Buenavista, como aquél, ostentosos y
soberbios. La fuerza está tan bien alojada
como la debilidad, igualdad que supone no
poca justicia. Salimos á la carretera. Por
ella corrían con alegre y ruidoso apresura-
miento á pie ó en carruaje, detalle éste que
revela la abundancia de su pré, numerosos
grupos de soldados, tocados unos con sombreros de anchas alas y otros con diminutas
gorras que, sostenidas picarescamente por
un milagro de equilibrio sobre la oreja izquierda, dejaban casi al descubierto la bien
peinada y reluciente cabeza. Vestían éstos
roja guerrera y pantalón azul, presuntuosa-
mente ajustados y ceñidos para mostrar la
poderosa estructura del pecho y las nerviosas
formas de la pierna. Más amplio y holgado
el pardo traje de aquéllos se completaba con
una polaina especial, formada de una tira de
paño, pardo también, que subía enroscán-
dose por la pierna á morir en la rodilla.

**

Dirigíanse unos y otros á Punta de Europa á engrosar las cinco ó seis filas de curiosos formadas á los lados de la gran plaza cuadrada y de duro piso que allí se parece. Á ella, sin que yo nada le dijera, se dirigió mi cochero. La atención con que contemplaba lo que en la plaza ocurría, despertó mi curiosidad que no peca de dormilona. Para satisfacerla me encaramé al pescante. Se trataba de un partido de *foot-ball,* pero no de un partido ordinario y corriente, sino de una verdadera lucha entre las dos armas más importantes de la guarnición, la infantería y la artillería. El espíritu de cuerpo estaba interesado. Las apuestas eran enormes. Cada tanto que ganaban los de un bando era saludado por sus compañeros de uniforme con una explosión de hurras y palmadas, pero tódos aplaudían los golpes maestros con igual frenético éntusiasmo, como enemigos nobles y leales que reconocen el mérito y valor de sus adversarios, como artistas apasionados de su arte que admiran los aciertos de sus émulos.

El número de espectadores crecía prodigiosamente. Nuevos coches llegaban atestados de soldados, paisanos y marineros. Yo indicaba á mi auriga la conveniencia de partir; pero él se resistía con la más poderosa de las fuerzas: con la inercia. Cuando le daba la orden la transmitía al caballo con la punta de la fusta; pero si el animal daba un paso, luego bonitamente le sujetaba con la brida. Á igual orden mía, sucedía indefectiblemente igual transmisión é igual parada. Acabé por declararme vencido y procuré interesarme en el espectáculo.

No me fué difícil. El juego, en todas sus formas, me ha sido siempre odioso. Me ha parecido asunto vano y mal gastado tiempo el que se emplea en dar jaque al rey y mate á la reina, hacer cinco bazas, ó ganar una condecoración de papel ó un cintajo en el rigodón, que todo es juego. Pero aquél era muy distinto. A aquellos hombretones de complexión atlética, rostro sanguíneo y bien proporcionados miembros, sólo de modo se-cundario importaba que la pelota entrase en un cuadro tal número de veces ó que no lo consiguiera; lo que buscaban y apetecían era conservar el equilibrio de sus fuerzas, agilitar sus miembros, endurecer su cuerpo, hacerle á la fatiga, entretener, en suma, en nobles y saludables ejercicios los obligados ocios de la vida de guarnición, huyendo del casino y del café, que congestionan los pul-mones, vician la sangre y enervan las fuerzas.

Para los ingleses ésta es lo primero. En su culto han sucedido á los griegos. Mucho de griego tenía aquel espectáculo, que traia á la memoria los juegos olímpicos, pitios y nemeos celebrados bajo un cielo no más azul, con un sol no más ardoroso y junto á un mar no más tranquilo que el mar, el sol y el cielo, que con su brisa, sus rayos y su grandeza acariciaban los semi-desnudos cuer-pos de estos soldados. ¡Semi-desnudos! El pudoroso cristianismo ha matado la salud y el arte. El culto del cuerpo y la desnudez crearon la más vigorosa, bella é inteligente raza que ha ilustrado el mundo y el arte más sublime que le ha embellecido. El culto del alma y el vestido produjeron la lepra y las pestes, que le diezmaron en la Edad Media, y aquel mísero arte bizantino, que en vez de figuras dibujó maniquíes sin proporciones y sin gracia.

Terminado el partido, continué mi interrumpido paseo, y dando vuelta á la Punta de Europa, vi el *Governor's Cottage* ó palacio de verano del Gobernador, y me asomé á la escarpada costa de Levante, inaccesible á las humanas plantas y habitada por la única familia de simios que en estado salvaje vive en nuestro continente.

Muchas más curiosidades encierra Gibraltar, tales como las *galerías*, pasajes subterráneos que atraviesan gran parte de la mole del Peñón, la biblioteca militar, notable por el número y mérito de sus obras, el castillo moro, comenzado por Tarik en 713, el se-máforo, la gruta de San Miguel, que se supone estuvo consagrada á Hércules, y la arruinada torre de O'Hara; pero como para visitarlas es preciso solicitar un permiso del Gobernador, y á mí me repugna pretender, renuncié á hacerlo, y entretuve el escaso tiempo que para la salida del vapor quedaba paseando á pie por el camino de La Línea, lleno en aquella ocasión de obreros que á ella regresaban concluído el trabajo, y de jinetes y amazonas que á Gibraltar volvían terminada la diversión.

Estos caballistas, los grupos de jugadores de *tennis*, los golpazos de *cricket*, que al pasar por las villas se escuchan, y el recuerdo del partido de *foot-ball*, pudieran haceros creer que Gibraltar es una población ociosa, compuesta de millonarios que sólo en placeres piensan y para los deleites viven. Tal suposición sería injusta. Gibraltar es muy laboriosa.

—Entonces—diréis—serán *turistas* esos que se divierten.

—No—os diré yo.—Son de Gibraltar, son *lezards of the rock* ó *rock'scorpions*, como les llaman los isleños.

—No lo entendemos— replicaréis,—á no ser que de diario se repita en aquella población, y á beneficio de sus habitantes, el más popular de los milagros de San Isidro Labrador.

—No hay que remontarse tanto—os responderé—para buscar la explicación de este hecho. Nos la da la manera de los ingleses de medir y apreciar el trabajo, tan distinta de la nuestra. Nosotros lo compramos por metros; ellos por grados. Nosotros atendemos á la extensión; ellos á la intensidad. Nosotros rara vez machacamos, pero estamos siempre junto al yunque; ellos rara vez se le acercan, pero hácenlo para descargar vigorosos y certeros martillazos. Nosotros tiramos sin apuntar; ellos, antes de disparar, afinan la puntería.

Se pone el sol, parte el vapor, suena un cañonazo y se cierra la puerta de Tierra. Desde este instante nadie puede permanecer en el campo neutral bajo ningún concepto hasta el cañonazo de la madrugada, ni recorrer la población sin tropezar con las patrullas que la vigilan. Esta precaución es muy necesaria. Amparado de las sombras de la noche, el enemigo capital de los ingleses se mete entre ellos, los reta y los rinde. Soldados y *policemen* recogen á los vencidos. El amoniaco los cura.

Desde cubierta se divisa la cumbre elevadísima y desigual del Peñón erizada de cañones, sus laderas atravesadas de minas, sus

cuarteles repletos de hombres, sus almacenes abarrotados de víveres, sus parques llenos de municiones. Aquella roca tan costosa
como inútil es la mejor representación de la
Paz Armada.

IV

CEUTA

CEUTA

ERRIBLE noche precedió al día en que habíamos de embarcarnos para Ceuta. Durante cinco ó seis horas el Hotel Anglo-Hispano, donde nos alojábamos, se bamboleó sacudido por los encontrados vientos que hicieron crujir con pavoroso estruendo cristales y maderas de puertas y balcones; la lluvia cayó sobre él en desatados torrentes, y el mar llevó hasta sus muros el ímpetu de sus olas.

—¿Saldremos? ¿No saldremos?, nos preguntábamos los compañeros de cuarto.

—Sería una temeridad.

—Puede que amaine.

—Yo no me fío.

—Don José se atreve á todo, nos contestábamos. Entregados á estas cavilaciones pasamos la noche sin pegar los ojos ni gozar de esa egoísta satisfacción que se siente cuando en las muy crudas de invierno nos encontramos en limpio y mullido lecho y abrigado cuarto de los que justificadamente creemos que no hay fuerza humana poderosa á arrancarnos.

Bastantes expedicionarios, ó porque se durmieran de madrugada, ó porque creyeran que á causa del temporal se suspendería el viaje, no se presentaron en el comedor de la fonda, á las ocho de la mañana, que eran el lugar y la hora de la cita. No se les esperó. Respetamos su sueño y con nuestro jefe á la cabeza y en la amable compañía del Sr. Bernal, hijo del Comandante general de la plaza de Ceuta, y del Comandante de Infantería,

Sr. Vesolowski, que habían tenido la cariñosa atención de venir á recibirnos á Algeciras, nos dirigimos al muelle.

Audaces fortuna juvat. El viento norte, ven-
cedor de sus enemigos en la pasada refriega,
había barrido las nubes y aplacado las olas,
y empujando de popa al *Virgen de Africa*
prometía rápida y ventuosa navegación. No
faltó á su promesa. Nuestro barco cruzó ga-
llardamente la tersa superficie de la bahía,
dejó atrás la diminuta y desmantelada Isla
Verde que le da nombre, (que isla significa Al-Yezirah, Algeciras, en el árabigo
idioma), abandonó el abrigo de Punta Car-
nero y Calpe, atravesó el temeroso Estrecho
y fondeó felizmente en la ensenada de Ceuta. Las malas condiciones de su puerto, constante y rudamente azotado por los vientos y
combatido por las olas, que han destruido
las flacas defensas que un día tuviera, pusieron, por lo que á mí se refiere, triste y
desgraciado término al viaje. Mi estómago
no quiso ser menos que mi corazón al *provocar* las iras del Mediterráneo y conjugó el

mismo verbo con molesta emulación, im-
pidiéndome gozar de la encantadora vista
que á la de los que por mar llegan, ofrece
Ceuta, que se les presenta tendida como en
una hamaca, alta la cabeza apoyada en las
siete almohadas que forman las estribaciones
del Hacho, altos los pies sostenidos por los
riscos y asperezas de Sierra Bullones, y hun-
dido el cuerpo hasta llegar al agua en el angosto y corto istmo que á aquellos montes
enlaza.

Ayudantes del General, militares francos
de servicio y amigos políticos y admiradores
del Sr. Canalejas, que al *Virgen de Africa*
atracaron en ligeros botes, que justificaban
su nombre dándolos muy peligrosos, se hicieron cargo de nuestras personas y bagajes,
y atravesando por entre las apretadas filas
de curiosos acudidos al muelle y al puente
nuevo para presenciar el desembarco, nos

condujeron al inmenso y destartalado edificio que ocupa la Comandancia. Allí tuvimos
el gusto de saludar al ilustre General Bernal
y á su distinguida familia, trazamos el plan
para aquel día y el siguiente, y desistimos del
viaje á Tetuán que nos presentaron erizado de
dificultades y peligros sin cuento. Un súbdito
inglés acababa de recibir muerte violenta
cabe los muros de la ciudad santa. Los Benideres la amenazaban. El nombre de cristiano era execrado, su traje un reto. La revolución crecía. ¿A qué crear dificultades á los
gobiernos español y marroquí?

*
*

Nuestra visita á Ceuta comenzó por el
cuartel del Rebellin, situado en el centro de
la población, frente á la bahía Sur. Genera-
rales, jefes y oficiales lo enseñan con verdadera complacencia y legítimo entusiasmo,
por ser uno de los mejores edificios de su cla-

se que posee España. Tiene lujoso salón de
justicia, elegantes y severos cuartos de banderas, de guardia y de oficiales; selecta sino
rica biblioteca, espléndida cocina con todos
los modernos adelantos, amplios comedores,
ventilados dormitorios, bien provistos y or-
denados almacenes y espaciosos patios.

En uno de éstos y como en prueba de la excelente instrucción y raras cualidades de los
soldados, mandó el Coronel tocar á generala.
Al rápido, ejecutivo y apremiante toque siguieron breves instantes de profundo silencio y ansiedad. Al cabo de ellos apareció en
una de las abiertas galerías un soldado ya
equipado y con el arma al brazo. A éste siguieron otros, y antes de cinco minutos el
regimiento entero estuvo formado por com-
pañías á la puerta de cada dormitorio en dis
posición de rechazar el imaginario ataque.

Igual escena se repitió por la tarde en el
cuartel de la Reina, situado en la falda del
monte Hacho, donde se aloja el regimiento
de Africa núm. 1, antes Batallón disciplina-
rio, antes Fijo, y antes Tercio de Ceuta, di-

versidad de nombres indicadora de su gloriosa antigüedad.

⁂

Estos cuarteles y las fortificaciones, fosos,
baterías y reductos, son hoy, amén del presidio, lo único notable de

> aquella ciudad famosa,
> llamada en un tiempo Elisa,
> · aquella que está en la boca
> del Freto Hercúleo fundada,
> y de Ceido nombre toma;
> · que Ceido, Ceuta, en hebreo
> vuelto el árabe idioma
> quiere decir, hermosura,
> y ella es ciudad siempre hermosa.

El arte y la industria que, reunidos en
amistoso abrazo, y con armonía grandísima
concertados, en el siglo XV, época á que los
sobredichos versos de Calderón hacen refe-
rencia, realzaban las naturales bellezas de su
posición y suelo, han desaparecido de éste.
Ya no le agobian con su peso las soberbias

mezquitas engalanadas con trofeos de caste-
llanos y portugueses pregoneros de las altas
hazañas musulmanas, ni las erguidas, robus-
tas y cuadradas torres revestidas de vistosos
azulejos en que sol, como en pulido espejo, se
miraba. Ya no turba el silencio de sus calles,
el ruido de las fábricas, ni el reposo de su
puerto el trajín de los barcos que por sus her-
mosos vasos de metal venían y cargaban sus
tafiletes y sus cueros. El promontorio de la
Almina, antes ameno verjel cubierto de perenne verdor y frescas flores y arrullado por
la suavísima armonía de ejércitos de aves,
muestra hoy al descubierto sus riscos y peñascos entre los que apenas brotan pinos y
chumberas.

Pero ¿qué industria ha de prosperar ni qué
arte ha de florecer en el territorio ceutí? La
debilidad de nuestros gobiernos al tolerar el
incumplimiento del art. III del Tratado de

paz firmado en 26 de Abril de 1860 por el que «S. M. el Rey de Marruecos cede á S. M. la Reina de las Españas, á perpetuidad y en pleno dominio y soberanía, todo el territorio comprendido desde el mar, *siguiendo las alturas de Sierra Bullones*, hasta el barranco de Anghera», incumplimiento favorecido por los confusos términos en que está redactado el párrafo segundo del artículo transcrito, á la vez que expone la plaza de Ceuta á la contingencia de un ataque por tierra, difícil de rechazar por estar por aquellas alturas dominada, limita su término y veda por tanto á sus vecinos el ejercicio de la agricultura en grande escala. La minería es también imposible. Los ricos yacimientos metalíferos están en poder de los moros, cuya religión les prohibe explotarlos. Sin primeras materias sobre que aplicar su virtud transformada, no puede darse ni es necesaria la industria fabril. Sin mercancías ni productos propios, aún podría facilitar el comercio el cambio de los ajenos y convertir á Ceuta en animado emporio donde moros y europeos acudieran para permutar los suyos. Con objeto de favorecer estas transacciones declarósela puerto franco por ley de 1863, pero los que tal merced la hicieron, olvidando el principio culinario de que para un guiso de perdices lo primero que necesita el cocinero es disponer de perdices, la hicieron puerto franco sin hacerla puerto previamente. ¿Qué mercaderes han de acudir á lugar tan peligroso y desabrigado? La caza, abundante como distracción y deporte, no lo es tanto que pueda ser apreciada como elemento de riqueza. Sólo la pesca goza de vida próspera y puede ser considerada como la única provechosa industria de Ceuta, que la explota por medio de dos Almadrabas, de muy antiguo establecidas en una de las ensenadas que en su gran bahía del Sur se forman. Allí se recogen al año infinita variedad de atunes, bonitos, boquerones, calamares, sardinas, meros, jureles y otras especies que se venden frescos ó se salan. Allí se ha formado un pueblo compuesto de centenares de hombres y mujeres que en estos trabajos se emplean, y viven vida tan tranquila y sosegada como peligrosa y aventurera era la que en las almadrabas de Zahara tanto regocijaba á don Diego de Carriazo y á otros caballeros mozos que como él se desgarraban de casa de sus padres para gozar y esparcirse en lo que Cervantes llamó finibusterre de la picaresca.

Fácilmente se comprende que esta industria no basta á satisfacer las necesidades de los diez mil habitantes de la ciudad, que en su mayoría viven de las pagas y pensiones que por uno ú otro concepto perciben del Erario público. Éste á su vez cree cumplidas sus obligaciones respecto de Ceuta artillándola y fortificándola sin cesar. Pobres, pues, los particulares y solicitados por otras atenciones los recursos del Estado, Ceuta no puede ser población artística. La pintura brilla por su ausencia. Mamarrachos, que no obras de arte, son las efigies de los santos y

de los generales que decoran respectivamente iglesias y cuarteles. La escultura está
algo mejor representada por una buena estatua de Carlos IV (lástima de mármol, de
tiempo y de dinero), por el busto del teniente Ruiz, hijo y honor de la ciudad, por el sepulcro de D. Antonio Barragán, su último
obispo propio, y por el sólido y severo monumento recientemente erigido en la plaza
de la Constitución en honrosa conmemora-
ción de las víctimas de la llamada guerra de
Africa. La arquitectura sólo de notable ha
producido la catedral y la iglesia de San
Francisco, más amplias que hermosas, el
santuario de la Virgen de Africa y la capilla
de Nuestra Señora del Valle, de más devoción que mérito, y la Santa y Real Casa de
Misericordia, más útil que artística.

Las casas son de mezquina apariencia y
pobre traza; las calles no muy rectas ni llanas; irregulares las plazas y no muy atendidos los paseos.

¡Pobreza! ¡Pobreza! se ve por todas partes.
Hay, sin embargo, un lujo; los coches.

¿Cómo podrá sostenerlos con tan breve recinto, tan reducidos medios y tan escaso vecindario?

.

₊₊

En varios de estos vehículos emprendimos
por la tarde la ascensión al Hacho, que constituye el primero de los tres recintos en que
la naturaleza y el arte militar dividen el territorio de Ceuta. La importancia estratégica
de esta altura fué conocida, aprovechada y
acrecentada con artificiales defensas por
los diferentes pueblos (romanos, árabes y
portugueses) que en su posesión se sucedie-
ron. Sobre los restos y vestigios de estas antiguas construcciones se alza la española co-
menzada en el siglo XVIII y reforzada á medida que los sistemas de destrucción adelantan en su mortífera carrera.

De los más nuevos, acabados y perfectos
dispone el Hacho. Piezas de grueso y pequeño calibre, cañones Krupp y Ordóñez, ame-

tralladoras y obuses amenazan con sus bo-
cas la entrada del Estrecho, cuyo exclusivo
dominio los obuses, ametralladoras y cañones de Gibraltar les disputan, como si en
aquellas aguas no hubiera lugar para todas
las flotas, fuerza para todas las industrias,
derrotero para todas las empresas y sepultura para todas las ambiciones.

¿Será la guerra azote de todos los tiempos?
¿No dejará nunca á la enfermedad la exclusi-
va de la muerte?... Las baterías modernas se
ocultan tras verdes y artificiales taludes; los
que las sirven se abrigan en profundas y disi-
muladas casamatas, los fuertes se esconden
bajo tierra... ¿Supone miedo esta ocultación?
¿No se atreve nuestra generación á arrostrar
los peligros cara á cara? ¿Supone hipocresía?
¿Es tan refinadamente cruel que envía la
muerte escondida *porque el placer del morir*
no torne á dar la vida al contrario? ¿Supone
vergüenza? Si tal es, estamos salvados. A la
vergüenza sigue el arrepentimiento y al arrepentimiento la enmienda. ¡Quiera Dios que
así sea!

*
* *

Huésped también del elevado promontorio de la Almina es el presidio, institución
cuyo origen se remonta á la conquista de
Ceuta por los portugueses. Cuando por la
unión de Portugal á España en 1580 pasó
aquella ciudad á ser posesión nuestra, dejamos perecer su floreciente industria, aniqui-
lamos su activo comercio y arruinamos sus
suntuosos edificios; pero conservamos el
presidio, en cuya administración y régimen
hemos ensayado todos los sistemas y doc-
trinas.

En las más nuevas y acreditadas, en las
que, por creer que la pena antes es medicina
que castigo, convierten á la antigua cárcel
en algo á modo de sanatorio moral donde
los más dignos de compasión de todos los
enfermos puedan hallar por medio del consejo, la instrucción y el trabajo, la regenera-
ción y la salud, se funda el Real decreto de

26 de Diciembre de 1889, por el que el Sr. Canalejas transformó el antiguo presidio en colonia penitenciaria y dividió en cuatro períodos la duración de la condena.

Profundo dolor le causaría ver tan sabias disposiciones en lo más fundamental inobservadas. Obstáculos de índole material se oponen al cumplimiento del artículo 5.º, base del sistema, que prescribe el régimen celular para el primer período de la pena; faltan celdas. Ni el Hacho, ni el Principal, ni ninguno de los varios locales en que se reparten y distribuyen los dos mil quinientos individuos que aproximadamente forman la población penal, las tiene, ni en el presupuesto se consignan cantidades para construirlas. Los penados viven, pues, desde el primer día en común y duermen en los mismos inmundos, hediondos y miserables dormitorios en que reposan los que están cumpliendo el segundo y tercero de los períodos. Distínguense estos dos entre sí por grandes diferencias. Durante el primero de ellos los presidiarios trabajan á beneficio del

Estado en las baterías y en los talleres. Durante el segundo se dedican al oficio ó profesión que más les agrada de cuyos rendimientos entregan de 10 á 15 pesetas mensuales al Estado, y pasan el día fuera del penal á donde se recogen á la noche. El cuarto y último de los períodos es de libertad sólo limitada por la obligación de residir en Ceuta. Los penados viven en sus casas con sus mujeres, en la forma y del modo que más les place.

Muchos sienten salir de la ciudad donde tan contra su voluntad entraron. Se explica este sentimiento por nuestro egoísmo, que él y sólo él es quien nos lleva á invocar la *necesidad de justicia social* para perseguir al delincuente, á proclamar su *derecho á la pena* para encerrarle en la cárcel, á forjar el absurdo de la *criminalidad nativa* para rechazarle definitivamente de nuestro lado, á inventar en suma todas las teorías y á pintarle con tan negras tintas como el catedrático de Oviedo (1) que nos le presenta contra la so-

---

(1) *Aramburu.*—La nueva ciencia penal.

ciedad «en lucha odiosa y cruenta para la que sirven y se emplean todas las armas, desde el simple esfuerzo muscular hasta el más poderoso invento de la industria; desde la quijada de la bestia hasta el útil perfeccionado del obrero; lucha funesta y desapiadada en que los éxitos de la violencia y de la audacia se mezclan con los triunfos de la envidia, de la traición y del engaño; lucha deshonrosa y torpe... en que se delatan los apetitos más groseros, las pasiones más bastardas, los móviles más ruines y repugnantes; lucha variada y tenaz, que ahora parece de tigres, ahora de serpientes, ya remeda el ciego furor de las fuerzas de la naturaleza, ya figura la atrabiliaria y fecunda inventiva del genio del mal.»

¿Quién creerá corregidos y domados con unos cuantos años de encierro y de trabajo esos apetitos y esas pasiones? ¿Quién pondrá herramientas en manos de habilidad tan pasmosa que de todos los instrumentos saben servirse y hasta aplicarlos á muy distinto objeto de aquel para que fueron he-

chos? ¿Quién dará asilo á esos tigres y á esas
serpientes? La culta sociedad ovetense que
escuchó aterrorizada las conferencias del señor Aramburu seguramente no. Y las demás
tampoco. La humanidad es egoísta y cobar-
de, y sólo en Ceuta, protegida por dos regi-
mientos y baterías innúmeras se atreve á tomar de cocinero á un mulato condenado á
cadena perpetua por haber envenenado á
siete individuos de una misma familia en la
Habana y á utilizar los servicios de un bar-
bero tan entusiasta de su oficio que hasta en
el cuello de su mujer hizo uso de la navaja.

*_**

La amabilidad del Sr. Bernal y de los generales, jefes y oficiales á sus órdenes pre-
textó la incomodidad y mal trato de la fonda de Ceuta para dárnosle cariñoso y espléndido en la Comandancia y en las casas y
pabellones por ellos ocupados.—Señores de

Boguerín, siendo la gratitud, como dijo el poeta:

la primera obligación
en el hombre bien nacido,

permítame vuestra modestia que cumpla gustoso el deber que mi nacimiento me impone, expresándoos públicamente mi reconocimiento por las inmerecidas atenciones y bondades de que me hicísteis objeto.

A las ocho de la mañana del siguiente día, repuesto por la buena noche de Ceuta, de la mala de Algeciras y por la quietud de la cama del movimiento del barco, me dirigí á la Comandancia general, alojamiento del Sr. Canalejas. Una mala nueva me esperaba. El itinerario había sufrido nuevo cambio. Vencido aquél por la amable insistencia con que el armador Sr. Millán pusiera á su disposición para la travesía de Ceuta á Tánger á *El Apóstol* que debía salir inmediatamente para Cádiz, había telegrafiado á los que en Algeciras quedaron, diciéndoles que en vez de regresar nosotros á aquella ciudad, como estaba convenido, pasasen ellos en el correo diario á reunírsenos en la africana, de la cual pensábamos partir al medio día.

El ruido del mar, su cabrilleo, la violencia del viento y la pequeñez de la embarcación que en el menguado puerto se agitaba con-vulsivamente como atacada del baile de San Vito no daban lugar á duda. Me esperaba muy incómoda navegación. Albergado en una fonda me hubiera quedado en Ceuta una semana, dos, un mes, el tiempo que hubiera tardado el mar en serenarse, pero ¿cómo abusar de la hospitalidad? Imposible. Disi-mulé, pues, como mejor pude el mal efecto de la noticia y ya que me esperaba mala tarde quise pasar buena mañana.

.*.

Quedaban por ver los fuertes y cuarteles que guarnecen la línea fronteriza, y el cuartel donde se aloja la compañía de moros. Aquéllos no me interesaban, pues nada tienen de artístico ni de curioso. Abandoné, pues, al Sr. Canalejas que, acompañado del general Pareja y de varios jefes y oficiales, fué á visitar el Serrallo y los reductos de Prim, Piniés, Francisco de Asís, Isabel II y Yebel-Ányara y Renegado y me dirigí al cuartel de los moros.

Forman éstos una compañía de cincuenta plazas y en unión de la de mar y del escuadrón de cazadores de África, las llamadas milicias voluntarias, cuyo mando asume un teniente coronel, siéndolo al presente don Julio Compagny, yerno del Comandante general.

Altos, robustos, esbeltos, morenos y limpios, nada más marcial que el aspecto y apostura de estos soldados. Seguramente los alemanes no harán con más precisión y destreza el ejercicio, ni manejarán las armas con mayor gallardía, ni se cuadrarán más respe-

tuosamente ante sus superiores, ni se ves-
tirán con mayor pulcritud y esmero. Sirven
para la paz. Son buenos soldados de revista;
adornan vistosamente la comandancia, cuya
guardia les está encomendada; habrían pres-
tado gran realce y lucimiento á las pasadas
fiestas de la jura, á las que se pensó hacer-
les venir para dar á entender á los extranjeros que somos potencia africana y serían un
atractivo más de la parada si á Madrid los
trajesen.

¿Sirven para la guerra? En Ceuta afirman
que son muy leales; que, en más de una
ocasión, han dado á las autoridades pronto y
fiel conocimiento de las maquinaciones y
tramas urdidas en contra de nuestros intereses por las cabilas comarcanas y que á las
órdenes de O'Donnell se batieron con heroísmo. Pero ¿qué origen tiene su lealtad? Tan
elevado sentimiento en las relaciones individuales nace del honor y en las del ciudada-
no con la nación del patriotismo. En el honor no puede fundarse la de estos soldados,
porque aunque no consideremos á los moros

tan viles y despreciables como con evidente injusticia Sir Arturo Broke supone, no
puede negarse que carecen de sentido moral
del que aquél es la expresión más acabada
y sublime. En el patriotismo tampoco, trai-
dores á su patria, ¿por qué han de ser fieles á
la nuestra? Su lealtad, si tal nombre puede
recibir su adhesión nace del interés. ¿Esta-
rían mejor en sus aduares que en nuestro
cuartel? ¿Tendrían más segura su vida?
¿Más satisfechas sus necesidades? Pero esta
ligadura del interés es pobre y flaca. Si alguna vez seguimos en Marruecos una cam-
paña con mal éxito, la espada que nos hu-
mille la romperá.

·Dada la política de atracción que en el vecino imperio nos conviene seguir, esta compañía no compensa con la utilidad, que por
sus confidencias nos presta (oficio en el cual
podrían emplearse soldados instruídos en
las dos academias de árabe vulgar, sostenidas por el Ministerio de la Guerra y el Ayuntamiento de Ceuta), no compensa, digo, las
simpatías de sus compatriotas que nos resta.

¿Puede agradar á éstos que mantengamos á nuestro servicio á individuos á quienes consideran como desertores?

*_**

La política de atracción á que me he referido, tiene en Ceuta un ilustre representante: Antonio Ramos, nombre que os será conocido por haberle visto al pie de las interesantes noticias de la guerra civil marroquí enviadas desde Fez al *Heraldo.* Antonio Ramos no es rico ni disfruta de sueldo ó remuneración del Gobierno; vive de su trabajo y emplea lo que gana en utilísimos viajes al través de las tribus, con cuyos individuos, merced al conocimiento que del árabe tiene, se pone en comunicación para favorecerlos y socorrerlos hasta más allá de donde sus fuerzas llegan:—Españoles y moros hermanos, les dice.—Lo que yo hago por vosotros lo haría cualquiera de los míos. Y ellos, al ver curadas sus heridas (1), socorrida su miseria y atendidos sus caprichos con celo tan fraternal, creen en su palabra y vuelven amorosamente los ojos hacia esta España que él les pinta como el mejor de los mundos posibles.

Este es el único medio digno de la decantada civilización de nuestra época de dilatar la influencia de España en Marruecos. Enfundemos las espadas y abramos los brazos. Dejemos también la cruz en casa. La presencia de los misioneros en Marruecos es perjudicial al logro de nuestras legítimas aspiraciones, pues siendo la religión el único sentimiento vivo de aquel pueblo, mal puede pensar en unirse á otro que de él no se cuida para facilitarle los productos que su

_____

(1)   Cuando el Sr. Ramos encuentra en sus correrías algún moro herido ó enfermo, lo lleva al Hospital de Ceuta y allí le atiende hasta su curación.

decaída industria no puede darle, ó la instrucción que no le puede proporcionar su
muerta cultura, sino para reducirle á una religión que odia. Recuerda la expulsión de
los moriscos y teme que la propaganda, man-
sa y benigna hoy, se convierta en impo-
sición violenta al verificarse la anexión y le
fuerce á buscar asilo en otro suelo.

* * *

El de Ceuta por ser el más próximo á
Europa fué el primero en caer en poder de
los cristianos. Concedió tal importancia á
este hecho el Rey D. Juan I de Portugal,
que no halló entre los naturales de su reino
cronista digno de narrarlo, y encargó de hacerlo á Mateo Pisano, historiador de renom-
bre universal, que en su famosa obra *De
bello septemsi*, nos dió á conocer del modo
más elegante, acabado y perfecto el memorable suceso y los personajes que en él más
intervinieron.

De mano maestra es la pintura que el célebre florentino nos hace del Rey, á quien nos muestra como capitán valerosísimo y político tan prudente, que llevó la reserva hasta el punto de ocultar á sus mismos hijos los preparativos de la expedición, y la astucia hasta el de hacer creer á muchos príncipes que contra ellos se dirigía, á fin de que aquel contra quien se preparaba no se aparejase ni apercibiese á la defensa. Aragón, Castilla, Granada y hasta Holanda creyéronse objeto de la codicia portuguesa, y hubo con tal motivo cambio de embajadas y de notas entre sus cortes y la de Lisboa que mañosamente supo entretenerlas sin alarmarlas ni tranquilizarlas.

No menos interesante es la silueta que traza de doña Felipa de Lancaster, llamada por sus vasallos la *buena reina* á causa de sus virtudes. Pisano nos la presenta como mujer de tal ánimo y entereza que, hallándose días antes de la partida de la expedición atacada de la peste y en trance de muerte, preguntó á sus damas qué viento hacía y, como le respondiesen que Norte, dijo á sus hijos: «Aprovechadle, aprovechadle, partid para Ceuta.»

Pero donde más se eleva el maestro italiano es en alabanza y elogio de los príncipes D. Duarte, D. Pedro y D. Enrique á quienes iba dirigido el consejo. Ellos fueron los héroes de la jornada y los fundadores del imperio ultramarino de Portugal, cuyos días más gloriosos son los que con sus portentosas hazañas, altas virtudes, espíritu aventurero, sabiduría y elocuencia llenaron.

Cumpliendo el último mandato de la reina la expedición no sufrió demora por su muerte. Siete días después de acaecida ésta, las naves del Rey sin flámulas ni gallardetes en los mástiles y con los clarines, los pífanos y los tambores, destemplados y roncos en señal de duelo, se unían al resto de la flota en la extensa y grandiosa bahía que en su desembocadura forma el Tajo. El enlutado aspecto de las naves reales y el triste són de los marciales instrumentos entibiaron el entusiasmo de los expedicionarios y de la muchedumbre de hombres y mujeres que hervía en las márgenes del río ansiosa de presenciar el nuevo y nunca visto espectáculo. Don Juan entonces ordenó á sus hijos y criados que sustituyeran las fúnebres vestiduras con que se cubrían por ricos y alegres trajes, é hizo que se empavesaran las naves y que sonaran concertadas músicas. «En verdad, dice Gómez Eanes de Azurara, fué hermoso ver una flota que á la mañana parecía alguna seca mata sin hojas y sin frutos, ser transformada en árbol frondoso con verdes hojas y flores multicolores.» Este cambio hizo renacer la alegría y el entusiasmo de los soldados y del público. Entre los aplausos y vítores de éste partió el 25 de Julio la flota, compuesta de 33 naos, 27 galeras triremes, 32 birremes y 120 buques menores, llevando por general al Conde de Barcelos, hijo natural del Rey.

Al doblar el cabo de San Vicente, Fray Juan Xira se dirigió á las tropas para exaltar su ánimo y darles cuenta del objeto del viaje que aún ignoraban. El mal estado del mar y la impericia de los navegantes les hicieron perder muchos días en el Estrecho y les obligaron á refugiarse en Tarifa y Gibraltar. Por fin dieron vista á Ceuta y principio al combate.

· El Rey simuló el desembarco por la parte del castillo. Los moros acudieron al lugar amenazado y dejaron abandonado el opuesto. Por allí tomaron tierra los portugueses. Vasco Núñez de Albergaria fué el primero que desembarcó, contra la orden expresa del Rey, que reservaba tal gloria al infante D. Enrique, y Vasco Yáñez de Costereal el primero que escaló el muro.

La crónica narra estos sucesos abultándolos y adornándolos fantásticamente. Se nota la influencia de la literatura caballeresca entonces tan en boga. Un etíope de cuerpo agigantado que peleaba desnudo sin más armas que una honda, es aquel espantable y membrudo Ferragús de la crónica de Turpín, grande por dos, forzudo como cuarenta y con brazos como aspas de molino á quien dió muerte la industria de Roldán. También se nota la influencia religiosa. En la toma de Ceuta, como en la batalla de las Navas de Tolosa, los cristianos se hartaron de matar musulmanes sin recibir daño de ellos.

Ganada la ciudad palmo á palmo y casa por casa, pero en un solo día, se procedió á la purificación de la mezquita, donde Fray Juan Xira dijo la primera misa celebrada en Ceuta después de la traición del Conde D. Julián y el Rey armó caballeros á sus hijos y éstos luego á los más esforzados adalides faltos de aquel requisito.

Don Juan I, que se había lanzado á esta empresa para limpiar su alma de pecado con la sangre de los moros, su cuerpo de grasa con el ejercicio y sus armas de moho con el uso, pero sin ninguna mira política, no sabía qué empleo dar al fruto de su victoria, y pensó en abandonarlo. Pero el glorioso infante D. Enrique, primer atrevido explorador del mar Tenebroso, se opuso á los proyectos de su padre, que cedió diciendo: «Consérvese para que otros príncipes cristianos se sientan por la imitación arras-

trados de un santo celo y prosigan en la conquista de Africa.»

Para los españoles, sucesores de los portugueses en la posesión de Ceuta, es empe-
ño de honra y vida sentir tal celo y proseguir tal conquista, ya que, como dice Reclús,
al incórporar Diócleciano la Mauritania Tin-
gitana á la península Ibérica, llevando al
Atlas los límites de ésta, no hizo sino poner
de acuerdo la Geografía natural y la política.

V

EL ESTRECHO

EL ESTRECHO

—

NI el mal estado del mar, ni el cansancio y desazón de los que acababan de cruzarlo, fueron parte á desbaratar el plan últimamente trazado. Momentos antes de las doce, con exactitud militar, quién en coche, quién á pie, quién á caballo, atravesamos todos las calles de Ceuta provistos de nuestros sacos y maletas y en compañía de nuestros amabilísimos patronos.

Grandes dificultades ofreció el embarco. Las olas y el viento se le oponían. El último se ensañaba con nuestros sombreros, nos los arrancaba de la cabeza, los arrojaba al agua y nos amenazaba con lanzarnos en su seguimiento y persecución. Aquéllas se hundían humildes como fosas para tragar nuestros cuerpos ó se erguían soberbias como montañas para despedir las falúas de la Compañía de Mar que nos conducían, impidiéndolas así acercarse á la escalerilla del *Apóstol.*

Reunidos por fin todos á bordo se dió orden de levar anclas y comenzó el crujir de las cadenas de que aquéllas pendían. Breves instantes después cesó el ruido.

—¿Qué pasa? ¿Salimos ya?

—No. Es que van á ver si han quedado en el *Virgen de Africa* unos bultos que aquí faltan.

Pasó un rato, que me pareció larguísimo, y volví á escuchar el precitado chirrido.

—Ahora va de veras—pensé. Puede que andando se me alivie el mareo.

Pero de nuevo cesó el ludir de las cadenas con la madera del barco.

—¿Qué sucede, señores?, pregunté con la alarma que el mar me infunde.

—Nada, que desde el muelle nos hacen señas para que esperemos.

—¿A quién?

—A dos nuevos expedicionarios, Antonio Ramos y un moro, que nos van á acompañar á Tánger.

.*.

Llegaron finalmente. Nada faltaba. Zarpamos. Al principio todo fué bien. Como había previsto, el mareo desapareció con el movimiento. Alegre y satisfecho me incorporé á mis compañeros y dí con ellos principio al almuerzo. Entre tajada y tajada de substancioso pavo y sorbo y sorbo de Rioja, charlando y bromeando, doblamos la Punta Benítez, dejamos atrás los dos islotes del Campo y embocamos el Estrecho. Pero al llegar á Punta Bermeja el viento sopló con mayor brío, el mar se encrespó y el mareo se presentó de nuevo. Avergonzado de mi debilidad, que contrastaba con la energía

de las señoras y de los niños que con nosotros iban, me separé de mis amigos y re-
corrí todos los rincones del barco y probé
todas las posturas. Subí de la cámara al
puente y bajé del puente á la cámara, me
trasladé de popa á proa y de babor á estri-
bor, fuí de pie, me senté, me tendí, clavé la
vista en el cielo, en la costa, en el mar, en
el suelo... Todo fué inútil. Acongojado y
molido, acurruquéme en un sillón de mim-
bre, cerré los ojos y con el estómago y el
pañuelo en la boca, sudando y trasudando
y rogando á Dios que de aquella angustia
me librase, me hallaba cuando doblamos la
saliente Punta de Torreblanca.

En la bahía de Benzú, que á aquélla sigue, el mar más blando y sosegado, dió mo-
mentáneo reposo á mi tormento y me permitió reparar en la disposición de las costas,

alta, escarpada y rojiza la africana, más baja
y accesible y no menos pobre de árboles la
europea. Pero al salvar la Punta Leona, término occidental de la bahía, el mar tornó á
embravecerse y el barco á plegarse á sus
caprichos, á subir y bajar, á ir de derecha á
izquierda y de izquierda á derecha, todo á
un mismo tiempo, con lo que los marinos
llaman movimiento de cuchareo, que es el
más horrible de todos los movimientos.
Como que ni los más bravos lo resisten. Los
dos distinguidos jefes de la Armada que venían á bordo, Sres. Díaz Moreu y Arredondo, el general Segura y Saint-Aubín, que
han navegado lo indecible, se unieron en el
sufrimiento al Dr. Sanmartín y á Ramos,
que habían sido los primeros en seguir mi
ejemplo. Minutos después sólo conservaban
recuerdos del almuerzo las señoras, los niños y el Sr. Canalejas.

Próxima á Punta Leona, tan próxima que parece una estribación de la masa granítica de Sierra Bullones que en aquel promontorio termina, se halla la isla del Perejil, separada del Continente africano por un canal de menos de mil varas, sembrado de escollos y arrecifes.

Para distraer mis males me la figuro tal y como nos la representa el canto V de la *Odisea* y os primeros libros del *Telémaco*, pues esta isla, de nombre tan poco poético, es nada menos que la muy famosa de Calipso, considerada como creación ideal de Homero, hasta que las recientes y curiosísimas investigaciones del Sr. Berard (1) han demostrado la realidad de su existencia.

Isla cercada de corrientes, erizada de rocas, cubierta de verdura, esmaltada de amarantos y violetas, regada por las cristalinas aguas de cuatro fuentes, arrullada por el canto de los pájaros, acariciada por los céfiros, abrigada por las colinas y montañas

_____

(1) *Les Phéniciens et l'Odyssée.*

del continente transfretano que, engalanadas con viñas y olivos, fresnos y granados,
elevan sus cimas hasta la bóveda del cielo,
del que eran como sostén consideradas, y habitada por la deidad de crespa cabellera,
hija del pernicioso Atlas y por las ninfas de
su séquito, que se recogían en una inmensa
gruta tapizada de vid y recamada de conchas.

Muchos de estos accidentes subsisten todavía. Las corrientes son, por desgracia, no
menos impetuosas que cuando destrozaron
el navío de Telémaco contra las acantiladas
costas de la isla, las rocas no menos escarpadas que cuando en sus desiguales picos
lloraba Ulises á su mujer y á su patria que
creía perdidas para siempre, la vegetación
no menos tupida y espesa, las aves no menos
parleras y la gruta no menos profunda. Su
entrada mide 20 metros de alto por 7 ú 8
de ancho y su interior está dividido en dos
espaciosos compartimientos donde holgada-
mente caben hasta 200 (1) hombres según

----

(1) 300 dice el Sr. Cervera en su *Geografía militar de Marruecos.*

las *Instrucciones náuticas inglesas* que, como las de los demás países, son, en opinión del Sr. Berard, el mejor comentario del inmortal poema, al que considera como verdadero documento geográfico y pintura poética, pero no imaginaria del Mediterráneo.

La situación de esta isla tan inmediata á dos continentes, que sobre ambos puede vomitar la muerte por la boca de sus cañones, y en la convergencia de dos mares sobre los que se levanta como vigiladora atalaya; el refugio que á los barcos ofrece en la segura rada que, al abrigo de todos los vientos y de todas las corrientes que contra ella se estrellan, se forma en su parte meridional frontera al Africa, su misma gruta aprovechable como depósito en todo tiempo y como asilo de sus defensores en caso extremo, hacen su posesión no despreciable.

Por desgracia nuestros gobiernos lo han entendido de otro modo. Paulatinamente han dejado de ejercer actos de soberanía sobre el abrupto y riscoso peñasco y han llegado á declarar en el Parlamento por boca del Sr. Groizard que podríamos tener sobre él antiguos títulos, pero que no son claros ni indiscutibles y que sería inoportuno afirmar que nos pertenece; exponiéndonos con esta actitud á que, como se temió que ocurriera en 1894, el Sultán creyéndole suyo lo ceda á Inglaterra ó á otra potencia cualquiera con mengua de nuestros intereses, por el perjuicio de nuestras aspiraciones á dilatar la influencia española en Africa y el grave riesgo de Ceuta. Más cautos fueron Felipe V y Fernando VII. El primero dispuso en 1746 que se estudiara la manera de fortificarlo y defenderlo, y el segundo no vaciló en mandar á la guarnición inglesa que, desde la guerra de la Independencia lo ocupaba, que lo evacuase.

Otra razón tenemos para desear que la citada isla no salga de nuestras manos. Ella es en cierto modo nuestra madre, que antes de que los griegos la llamaran Kalipso (escondite), palabra derivada de Kalupto (esconder), los fenicios la llamaban Ispania, que es su equivalente semítico que por error ó

extensión de sentido vino á dar nombre á
nuestra península.

*
* *

Entretenido en estas imaginaciones estaba
cuando pasamos el frontón y ensenada de
Almanza y las puntas de Cruces y Lancho-
nes y entramos en el lugar más angosto del
Estrecho, que se encuentra entre los Cuchillos de Siris en Africa y la punta Marroquí
inmediata á Tarifa. Un canal de 12 kilómetros de ancho separa á ambos continentes. ¿Para qué se tomaría Hércules el trabajo
de abrirlo? Navegábamos tan despacio á
causa del temporal, que atardecía cuando
llegamos á este punto. El litoral mauritano
parecía deshabitado; no se distinguía en él
ni una luz, ni una casa, ni una choza. En el
español claramente se veían la isla y la ciudad de Tarifa con sus casas muy blancas, su
altísimo faro ya encendido y sus torres, famosa una de ellas por el ejemplo de lealtad

que dió desde sus almenas D. Alonso Pérez de Guzmán á quien sus contemporáneos llamaron el Bueno.

⁂

¿Podemos darle nosotros tal sobrenombre? Seguramente no. Nuestra generación por fuerza ha de considerarle como un vanidoso vulgar sólo movido por el resorte de un ciego y despiadado *erostratismo*. En su *hazaña* no hay una sola nota tierna y delicada. Sus miembros duros como la cota que los protegía no se estremecieron al arrojar el puñal á los sitiadores, y ¿qué necesidad tenía de arrojarle? ¿Erale lícito suponer que carecieran de armas? No. Al hacerlo como en todo cuanto hizo y dijo, únicamente pensó en pasar á la posteridad deslumbrándola con actos y frases de relumbrón. Primero dice «que cien hijos que tuviera era justo aventurallos todos por no amancillar su honra con hecho tan feo como rendir la plaza que tenía encomendada»; luego, atraído por el alarido que arrancó á los soldados la vista del sacrificio del inocente niño inmolado en holocausto de su celebridad, exclama: «Cuidaba que los enemigos habían entrado en la ciudad», y se pone á comer con su mujer sin mostrar alteración alguna en el semblante.

El Infante D. Juan ha pasado á la historia con fama de cruel y bárbaro. Más bárbaro y más cruel fué Guzmán. Aquél al amenazarle con el asesinato de su hijo, reconocía de tal modo el amor paternal que lo ponía por cima de los purísimos sentimientos de patria y de lealtad; éste al disimularlo tan maravillosamente dió clara prueba de no sentirlo.

No es de extrañar que Sancho IV, mal hijo y peor hermano se entusiasmara con el defensor de Tarifa y le escribiera alabándole por su entereza y constancia, prometiéndole mercedes, ordenándole que añadiera á sus títulos el de *Bueno* de que ya por su liberalidad gozaba, y comparándole con Abraham, con lo cual él en el lugar de Dios se colocaba; no es de extrañar tampoco que el caballero Barrantes le tributara entusiastas elogios, pues para los Medinasidonia, sus descendientes escribía; lo notable es que el padre Mariana y otros escritores posteriores, que pudieran ser imparciales, sigan encontrándole digno de alabanza y continúen encareciéndole y encomiándole, llegando á decir el Sr. Cánovas que su hazaña es de las que enaltecen á una nación entera.

.*.*.

Al doblar la punta de Siris hallábase el mar tan revuelto que sus olas penetraban en el barco, y pasando de una banda á otra, lo barrían y nos derribaban, impidiéndonos permanecer sobre cubierta. Ya de noche pasamos por delante de las ruinas de Alcázar-el-Zaguer, fundación de Yacub, emperador de los Almohades, que aprovechaba el fondeadero que entre las puntas de Alcázar y Sainar se forma para la organización ó reparo de las flotas con que anualmente pasaba á hostilizar á los cristianos y moros españoles.

Alguien de la tripulación acertó á entrar en la cámara.

—¿Falta mucho? le pregunté.

—Media hora, me repuso.

No lo creáis, es que en el mar falta siempre media hora para llegar á cualquier sitio. A querer decir verdad hubiera respondido que estábamos á mitad de camino. Nada más ví de él. Al doctor Sanmartín y á mí, que eramos los que más sufríamos, nos metieron en un camarote y nos abrigaron con las mantas de viaje, mientras unos expedicionarios se revolcaban por el suelo y otros se tendían en los divanes ó se desplomaban en los sillones, desanimados, medrosos, maltrechos. Unicamente el Sr. Canalejas se mantenía sereno y animoso é iba y venía de un lado á otro, alentando á éste, enmantando á aquél, cuidando de todos. ¡Dios se lo premie!

.∴.

No hay mal que cien años dure y aquél que parecía eterno no fué excepción de la regla. Llegó un momento en que el *Apóstol* disminuyó aún más la velocidad de su pere- zosa marcha y comenzó á silbar desaforada- mente. Los pasajeros se incorporaron teme- rosos de alguna desventura. Su inquietud se disipó al conocer la causa de aquella manio- bra. Era que llegábamos á la bahía de Tán- ger y pedíamos entrada. Yo fuí el último en salir de mi litera. Al hacerlo me volvió el mareo que la posición horizontal, había ali- viado y dí conmigo en el suelo. Acudieron á socorrerme, me subieron al puente y el vien- to fresco de la noche me despejó. Ya en mi acuerdo estuve á punto de perderlo de nue- vo, al escuchar al armador y á los que como él conocían las costumbres tangerinas que no nos dejarían desembarcar. La idea de pa- sar la noche á bordo me horrorizaba, pues estaba calado hasta los huesos y el frío me hacía temblar de pies á cabeza.—Mi fortuna entera por el permiso, pensé y dijé parodian- do una frase célebre.

Muchos eran de mi opinión y como es corriente la de que entre los moros, todo se vende y todo se compra, sólo Dios sabe lo que desde el barco ofrecíamos, porque nos dejarán salir de él. Si llegan á oírnos y á entendernos nos arruinan. Pero nadie se nos acercaba ni se cuidaba de nuestras voces ni de los muy prolongados y estridentes silbidos de la sirena. Por fin, se echó un bote al agua y se le dió á Ramos y al moro la comisión de ir á solicitar de las autoridades la oportuna licencia, con la que volvieron al cabo de media hora, para dar fin á nuestras desdichas.

Repartidos en tres grupos por no cargar mucho la lancha, nos trasladamos desde el *Apóstol* al espigón de madera recientemente construído en evitación de las tragicómicas peripecias del desembarco, que antes constituían uno de los atractivos del viaje á

Tánger. Las puertas de la ciudad estaban cerradas. Los encargados de ellas por lo avanzado de la hora y para celebrar el Ramadán, cuya última noche era aquélla, las habían abandonado.

—¿Qué hacer? ¿Nos volvemos al vapor? —preguntó alguno.

—No, no. Pasemos la noche al raso, de cualquier modo; pero en tierra, en tierra, que ésta no se mueve, contestó otro poco conocedor de las teorías de Galileo.

Y así se acordó. Y en el muelle hubiéramos pernoctado á no atreverse el moro que nos acompañaba á entrar por la playa en la población, donde tuvo la suerte de encontrar á los guardianes de la puerta, y se dió maña para obligarles á bajar á abrirla.

VI

TANGER

10

TANGER

NO dejó de maravillarnos que siendo ya la noche muy entrada cuando hicimos la nuestra en la ciudad de Tánger, en lugar d e encontrarla muda y desierta, como á lo avanzado de la hora convenía, la hallásemos poblada y bulliciosa. Numerosos grupos de gallardos y blanquísimos fantasmas la recorrían cantando con roncas y destempladas voces y al compás de un instrumento por su forma y sonido muy afín de nuestra bandurria, canciones breves y valientes como las jotas, que remataban con prolongados y guturales gritos.

Cuando al despertarnos á la mañana siguiente, preguntamos al criado moro que en
el *Hotel Bristol* donde paramos nos servía,
la causa de aquella algazara, que no cesó en
toda la noche, respondiónos con voz que por
su suavidad y dulzura parecía italiana, que
obedecía al regocijo de los fieles por la ter-
minación de los ayunos y penitencias del
Ramadán y principio de las harturas y alegrías de la pascua del pequeño Bairán, que
á aquél sucede.

El caballero Barrantes, ya citado, en la
primera de sus famosísimas *Relaciones histó-
ricas* se burla donosamente de estos ayunos
y privaciones de los moros, y supone que
estándoles permitido comer y beber y tener
ayuntamiento con sus mujeres hasta que
puedan distinguir un hilo blanco de un hilo
negro, según el Corán reza, durante ese tiempo, «comen como hambrientos y soltando
la regla á la honestidad, dánse á todo géne-
ro de lujuria».

Como mi pobre entendimiento me proporciona muy limitados recursos y el indicado

autor no ha tenido la bondad de referirnos
los que él empleó para penetrar en una morada mulsumana y sorprender los vitupera-
bles excesos de que habla, no me ha sido
hacedero seguirle en tan interesante visita,
ni juzgar de la exactitud de sus apreciacio-
nes. Pero, por mucho que á la noche coman
y se refocilen los islamitas, no es floja molestia la de no probar bocado y sobre todo
no beber gota de agua durante el día, máxi-
me si se tiene en cuenta que, siendo lunares
sus años, los meses van cambiando y en pe-
riódicas ocasiones cae el del Ramadán en el
rigor.del verano.

—¿Lo observáis escrupulosamente?—pre-
gunto al simpático Mohamet, que tal era el
nombre del camarero.

—Ah, sí, señor;—me responde. Durante
la luna del Ramadán, en la cual el Corán
bajó de arriba para servirnos de norma y
guía, enseñándonos á distinguir entre el bien
y el mal, y definiendo y marcando los preceptos á que debemos someter nuestra conducta, todos menos los enfermos y los viaje-

ros, que ayunarán después número igual de
días, hemos de hacer penitencia, señor, si
queremos que Dios esté con nosotros y si
estamos bien con nuestro pellejo.

—¿Cómo es eso?

—¡Ah, señor! Al que infringe el Ramadán
se le castiga con el *tufeo*.

—¿Y en qué consiste ese castigo?

—En pasear las calles de la población
sobre un asno y sufriendo en las desnudas
espaldas los despiadados latigazos de los
soldados que con disciplinas de varios rama-
les de cáñamo embreado las azotan, y en el
corazón la vergüenza de confesar el delito
cometido.

Entretenidos con el bueno de Mohamed
en tan sabrosa y amena plática estábamos el amigo Arredondo y yo, cuando
vino á turbarla é interrumpirla gran estruendo de voces y cornetas que de la calle
procedía.

—¿Qué significa este ruido?—preguntamos al servicial servidor.

—Que el Bajá entra en la gran mezquita

á hacer la oración de la pascua, señor. Vístanse y verán un curioso espectáculo.

*
* *

Siguiendo su atinado consejo nos lavamos y vestimos en un credo y nos lanzamos escalera abajo.

La situación del *Hotel Bristol* no puede ser mejor. El *Continental* y el *Ville de France* gozan de la hermosa vista de la bahía, y al último llegan para halagar el olfato de sus huéspedes los deliciosos efluvios desprendidos de los resinosos árboles y pintadas flores que engalanan el monte Marchán, en cuya falda se recuesta Tánger, pero aquél ocupa uno de los lados del Zoco pequeño, centro y única plaza de la ciudad, formada por el ensanche de la calle de los Cristianos que, desde el Bâb-al-Marsâ ó puerta del mar, sube en pronunciada y sinuosa pendiente hasta el Zoco de Barra, formando como una especie de cañada, que divide en dos al ya citado monte, y en la que se encuentran las tres oficinas de correos sostenidas respectivamente por España, Francia é Inglaterra, los mejores almacenes y bazares, los cafés europeos, la Iglesia católica y la gran mezquita, cuyo alto y cuadrado minarete y vistoso pórtico, revestidos ambos de brilladores azulejos, es lo único de ella que la intolerancia mahomética permite ver á los cristianos.

Por el citado pórtico salía cuando á él llegamos el ostentoso Bajá ó gobernador de la provincia de Háabat, Sidi-Bargas, europeo, que no africano por el apellido, por la blanca y sonrosada encarnación del rostro, por la color azulada de las pupilas y por los dorados reflejos de la barba. No llevaba su excelencia ninguna insignia que su elevada jerarquía revelase, é iba rica y pomposamente vestido de finas y albas telas que caían formando artísticos pliegues sobre el enjuto y fogosísimo caballo que montaba, que al sentirse por su poderosa mano retenido, hacía piernas, encabritándose y salpicando de espuma los paramentos que le engalanaban.

Seguía á Sidi Bargas, su hijo primogénito, niño de hasta diez ó doce años de edad, de muy gentil continente, jinete en blanca mula aderezada con silla de madera, alta de borrenes, forrada de cuero y revestida de paño rojo, con petral y grupera de igual color y con estribos vaqueros, y le acompañaban, oprimiendo los lomos de ágiles trotones, éste á un lado, aquél al otro, el *jarifa* ó secretario del bajalato, y el *al-kaid*, portador del estandarte de la ciudad, cuya asta remataba refulgente bola de metal.

Luego venían cabalgando en reposadas mulas con flamantes jaeces muchos santos de todos tipos y edades, blancos los unos, mulatos y negros los otros, jóvenes éstos, y aquéllos ancianos. Parte llevaban la vista

tenazmente clavada en el firmamento como
para apartarla de las miserias é impurezas
de la tierra, y parte la fijaban en la muchedumbre como en rico venero por su habilidad explotado. Parte se mantenían graves
y tranquilos y parte se agitaban como po-
sesos. El pueblo los saludaba con profundas
reverencias y zalemas y se les acercaba in-
tentando besarles las manos y conformán-
dose con llevarse á los labios la fimbria
de sus benditos jaiques, que abriéndose por
el pecho de sus portadores, dejaban al descubierto infinidad de rosarios, amuletos y
abalorios, piadosas ofertas de los fieles.

Cerraban la comitiva los soldados que
durante la oración del Bajá habían perma-
necido ante la puerta de la mezquita dándole guardia de honor. La misma diversidad
de tipos que hemos observado en los santones, se notaba en ellos y se ve en Marruecos donde quiera, á causa de la variedad
de razas que lo pueblan. Pero si esta diversidad de elementos étnicos le autoriza á colocar en las filas de su ejército al lado del

moreno árabe de ágiles miembros y correctas facciones al atezado sudanés de atlética musculatura y tosco perfil, y junto al bereber, prototipo de las razas puras, al moro resultado de todas las mezclas, sólo su pésimo sistema de reclutamiento es responsable de que formen juntos niños y ancianos, enanos y gigantes, al obligar, según dice el Dr. Marcet (1), que formando parte de una misión francesa recorrió el imperio moghrebino en 1882, á cada familia á «suministrar un hombre, de cualquier edad ó condición que sea», razón por la cual, añade, «generalmente se destinan á este servicio los que no están en aptitud de trabajar en el hogar doméstico, por sus muchos ó pocos años.» ¡Desgraciados seres á los cuales el *kadí* encargado de la leva marca á fuego para evitar deserciones! La indumentaria ofrecía no menos contrastes. Parte de los *askaris*, infantería organizada por Muley-Hassam y objeto de la preferente atención

---

(1) *Marruecos.* Versión española por D. Francisco G. Ayuso. Segunda edición. Madrid, 1890.

de su sucesor, vestía de encarnado, y de azul algunos de los *tabdjia* ó artilleros. Pero los más se cubrían con trajes de desecho de los ejércitos francés é inglés comprados en Argel y en Gibraltar. En el armamento reinaba igual anarquía. Aquellos soldados manejaban fusiles, bayonetas y carabinas de todos los sistemas europeos conocidos; lo único de que no se servian era de las clásicas espingardas, relegadas á la categoría de curiosidad arqueológica.

En estos últimos tiempos se ha intentado mejorar, regularizar é instruir un tanto á este ejército, enviando á Gibraltar y á otras plazas inglesas á varios jóvenes de distinguidas familias á imponerse en los más recientes adelantos y perfeccionamientos de la ciencia militar. Pero nada se ha conseguido, al decir de los conocedores del país. Los reformistas han tropezado con los insuperables obstáculos opuestos por la rutina, que se niega á prescindir del vicioso sistema de reclutamiento que ya conocemos y á establecer sobre inamovibles bases la jerarquía, insustituíble fundamento de la disciplina, que no puede darse mientras se sigan prodigando los empleos sin sujeción á un sistema fijo de ascensos y con supeditación al capricho y antojo del Sultán, que hoy ensalza á un oficial de tahona á la categoría de oficial del ejército, según creo haber leído en alguna parte, y mañana le derriba y reduce al empleo de soldado; mientras, como he tenido ocasión de ver en Tetuán, éstos coman, duerman y jueguen en santa igualdad con los oficiales; mientras unos y otros lleven el mismo traje, sin que ninguna insignia les distinga; mientras el sueldo tampoco contribuya en mucho á diferenciarlos; y, finalmente, mientras estén sujetos á las mismas humillantes correcciones corporales.

Multitud de moras envueltas en flotantes jaiques que apenas dejaban ver unos ojos

muy obscuros y unos brazos muy claros,
acompañadas de esclavas de color que ex-
hibían buena parte de sus gracias, y de viejas sin color no menos ligeras de ropa que
las negras, ni con menos arrugas en la piel
que pliegues en las vestiduras de las blancas, presenciaban el desfile del abigarrado
séquito del Bajá desde las azoteas de las
casas, en tanto que en las calles se apiñaban
y bullían en tumulto los moros de la ciudad
de aspecto grave y entonado y chilava azul
ó blanca; los del campo de arrogante porte
y chilava negruzca como sus rostros, y salpicada de borlitas rojas como las amapolas
de sus prados; recelosos hebreos de luen-
gas barbas, negro casquete y cumplida túnica, y europeos y europeas, los más en
traje de montar. Heterogénea muchedumbre,
compuesta de individuos de todas las castas
y de las confesiones todas, por la curiosidad
un instante revueltos y confundidos, como
lo están á veces por la mano de un químico
y en el interior de un frasco líquidos de distinta densidad. Y así como éstos, cuando

dejan de ser sacudidos, fácilmente se separan y restituyen al lugar que su peso les señala; así aquéllos una vez satisfecho el deseo que les había congregado también se desunieron, marchando el moro á su tienda, á su aduar el bereber, á su escritorio el hebreo y el europeo á su fonda, tropezando en su dispersión con los cargadores del muelle, de fea y espantable catadura, desarrapados, semi-desnudos y lustrosos de sudor que del Zoco de Barra bajaban gritando: *¡balak! ¡balak!* (¡cuidado! ¡cuidado!) sin tomársele muy grande en apartar á los que les estorbaban el paso, algunos de los cuales caían derribados por sus vigorosos empujones.

*
*   *

La angostura, inclinación y tortuosidad de las calles de Tánger vedan á sus moradores el empleo de los carruajes. Las damas más encopetadas del cuerpo diplomático

concurren á los saraos y á las visitas en sillas de mano si son ancianas ó muy volumi-
nosas y á caballo si jóvenes y esbeltas.
Usan éstas la amazona como traje de calle y
resguardan de la lluvia el de sociedad, abrumando sus hombros con el peso de inmen-
sos capuchones ó tabardos de burdo paño.

El número de *poneys* propios y de alquiler
es grande, pero como el de jinetes es aun
mayor, cabalgan no pocos sobre mulas de llano y reposado andar, con tal de no quedarse
sin montura, que, por lo sucio y desigual del
suelo, es la desdicha mayor que puede sobre-
venir en Tánger.

***

Encaramados sobre algunas de estas bestias que en el zaguán de la fonda nos esperaban, cuando á ella regresamos después de
presenciar el paso del Bajá y su comitiva,
recorrimos en dos ó tres horas muy á nuestro sabor, la capital diplomática del imperio

jerifiano que á pesar de ello, de tener más de 50.000 habitantes, de servir de cabeza á la provincia de Haabat, una de las más ricas de Marruecos, y de ser el más importante de sus puertos y una de las residencias de invierno más frecuentadas por los ingleses, ofrece en todas las manifestaciones de su vida muy pobre aspecto.

Acompañábannos á modo de palafraneros y guías unos moritos, no menos sucios que avispados, que representaron á maravilla su doble papel, llevando de la jáquima á las caballerías y espantándoles las moscas y otros insectos que las acosaban, y satisfaciendo la mucha curiosidad que á la vista de tanta cosa extraña sentíamos, explicándonos en no muy defectuoso castellano y con el tono correntío propio de los *ciceroni* la naturaleza, condición y empleo de ellas.

Estos muchachos nos hicieron reparar, sin salir de la calle de los Cristianos, en la menguada escuela donde se enseña á los niños á leer y escribir el Corán, única ciencia que se les infunde, en la miserable casu-

ca que sirve de Ministerio de Negocios Extranjeros y en las reducidas tiendas, verdaderos nichos, en que sólo porque está sen-
tado cabe el vendedor y donde el compra-
dor no logra acceso, y sacándonos luego
de la dicha calle por la puerta interior ó
Bâb-al-Dakhl, nos condujeron al mercado,
que en ruindad y penuria corre parejas con
el resto de la población.

* *
*

Una segunda puerta, la *Bâb-al-Fes,* pone
en comunicación á este mercado, donde únicamente se parecían escasos grupos de ven-
dedores y vendedoras envueltos todos en no
muy limpias chilavas y protegidas ellas por
sombreros de paja de cónica copa y desco-
munales alas, con el Zoco de Barra, inmensa
plaza que en suave, ondulada y desnuda
pendiente se eleva hacia Levante, obsten-
tando en su centro una de las numerosas

cubbas ó sepulcros de santones, que por todas partes, así en poblado como á campo raso, se ven en Marruecos.

En torno de ésta, donde reposan las cenizas del venerable Sidi-Makhfi, patrono del mercado, por serlo hallábanse reunidos muchos moros y moras del campo que en mugrientas esteras y sucios paños mostraban á los de la ciudad los huevos y las gallinas, las hortalizas y las frutas, las carnes y las mieles de sus aduares; tolerando con indolencia verdaderamente musulmana que infinidad de alados animalillos juzgaran del gusto y sabor de sus mercancías, posándose como en terreno propio sobre ellas.

Unas moritas, con quienes por su extremada juventud aún no rezaban los preceptos de Mahoma, libres del jaique, iban y venían de una parte á otra, sustentando hábilmente grandes ollas de leche sobre sus morenas cabezas de correctísimas facciones ó apoyándolas en las incipientes caderas sólo ceñidas por una tosca camisa larga de faldones y corta de mangas y sujeta á la cintura por un paño á rayas blancas y encarnadas.

Otras, menos viejas que envejecidas, acurrucadas en el suelo, también mostraban sin empacho sus caras secas y marchitas como los montones de leña con que traficaban.

Finalmente, como para completar la ilusión, entre las cabras, vacas, corderos, asnos y mulas, que en el suelo yacían, se destacaban los largos cuellos y los dorsos gibosos de los dromedarios tan útiles por sus fuerzas, por su leche, por su pelo y por su excremento al árabe á quien transportan, alimentan, visten y abrigan.

Luego de contemplar lugar tan pintoresco y lleno de carácter, más difícil de olvidar que fácil de describir, torcimos á la derecha mano, y siguiendo un regular camino de herradura sombreado por árboles de perenne verdor, pasamos por delante de varios palacetes no tan suntuosos como cómodos, que por los escudos y banderas que en sus balcones lucían, manifestaban ser propiedad ó servir de residencia de representantes y cónsules extranjeros.

El referido camino nos condujo al través de jardines, cármenes y huertas á la *Kasba* ó alcazaba, que domina la ciudad y defiende con sus almenados muros una mezquita, el palacio del Sultán, la tesorería, la cárcel y varios otros edificios públicos, de los cuales únicamente la tesorería y la cárcel nos permitieron ver.

La primera, de pobre apariencia exterior, como todos los edificios árabes, tiene un hermoso patio cuadrangular, enlosado de mármol y circuído de corredores formados por arcos de herradura con primosos adornos de pintada yesería y protegidos por aleros de bien labrada madera. Una reja con espesos barrotes y cerrojos y candados sin número cierra el paso á una espaciosa estancia cubierta por elevada bóveda policroma de puro estilo y repleta de arcas y cajones de hierro donde hasta su traslado á los palacios de Mequinez, Tafilete ó Marruecos se guarda el importe del *aschor* ó impuesto sobre los productos de la tierra, de la *hedia* ó dádivas de los fieles al Sultán por su categoría de gran jerife ó supremo jefe religioso, de la *dchezia*, capitación á que se hallan obligados los hebreos, de la *naiba*, contribución de las tribus sometidas y de los demás recursos arbitrados en la provincia de Háabat por los delegados en ella del Emperador, gran maestro en el arte de esquilmar á su pueblo.

La cárcel es una horrible mazmorra, falta de aire y de luz y sobrada de hedor y de humedad. En ella gimen algunos infelices á quienes sus guardianes toleran que fabriquen cestas que venden á los extranjeros que les visitan para aliviar con tan menguada granjería, su pobreza, pues á la pena de prisión acompaña la de confiscación de los bienes del reo.

Pero este castigo no es de los más aplicados. Sustitúyenle los de azotes en las espaldas y palos en los pies, cariñosos y suaves si se les compara con el de mutilación que sufren el carnicero sisón y el panadero infiel, el ladrón y el blasfemo. De la facilidad y frecuencia con que se aplica correctivo tan enérgico es prueba la multitud harapienta y astrosa de ciegos, cojos, desorejados y man-cos que recorren las calles de Tánger ó se sitúan en su mercado y á la puerta de sus mezquitas, implorando la caridad con plañi-deras voces, con los cuales no han de con-fundirse los que también la solicitan perdida la nariz ó cubiertos de llagas, más por amar que por ofender al prójimo.

*\
* *

Contentos y satisfechos de nuestro paseo tornamos al medio día al Hotel Bristol y nos sentamos á la mesa alegrando con nuestra animada charla, que trató por centésima vez del socorrido tema de la travesía, y de sus sustos y percances, á las tres ó cuatro per-sonas que en unión de nosotros la ocupaban.

Era una de ellas el famoso Harris, corresponsal del *Times* en Marruecos, gran conocedor del país y muy amigo del Sultán. Recién llegado de Fez, su conversación tenía interés singular en aquellos momentos, en que los recientes desastres de Abb-el-Azis y la presencia en la bahía de Tánger de nuestro crucero *Infanta Isabel* y del portugués *Reina Amelia,* á los cuales se creía que en breve plazo habían de acompañar los de las demás naciones interesadas en Marruecos, hacían temer la inminencia ¡de una intervención extranjera que podría dar lugar á gravísimos trastornos internacionales.

Aún descartando hábilmente de su conversación punto tan espinoso logró el inteligente periodista cautivarnos, refiriéndonos pormenores de la terrible derrota sufrida en Taza por las indisciplinadas tropas imperiales, que según él huyeron cobardemente, abandonando armas, municiones, víveres, bestias y dinero sobre el campo de batalla, y manifestándonos que, en su opinión, á tan desdichado suceso seguiría el sitio de Fez por los rebeldes que, envalentonados por el triunfo y fuertes con el botín, avanzaban re-solutamente sobre la ciudad fundada por Edris II á orillas del Sebú, la cual por hallarse mal bastecida y peor fortificada no tardaría en rendírseles.

Del pesimismo del Sr. Harris debían de participar los más importantes personajes de Fez, pues según después de público en Tetuán se decía, aquél no recorrió sólo los 220 kilómetros que la separan de Tánger sino en la peligrosa compañía de muchos mulos cargados de sendos sacos que escondían, al decir de unos, el tesoro del Sultán, y en opinión de otros, el de alguno de sus ministros que, como buen patriota, no quería dar pábulo con su dinero á la insurrección. Tal vez á la divulgación de este rumor, que sólo como tal acojo sin responder de su exactitud, fuera debido el furioso asalto que días después sufrió la casa del corresponsal londinense que valerosamente rechazó y castigó á los asaltantes.

⁂

Con la taza de café todavía delante y lamentándonos de que la menuda lluvia que sin cesar caía nos impidiese salir á la calle ó recorrer los alrededores de Tánger en busca de nuevas impresiones, nos hallábamos los más de los expedicionarios en el fumadero (1) de la fonda, cuando en él entró el señor Díaz Moreu á proponernos que le acompañásemos en su visita á la señora de Nahón.

—¿Quién es esa señora?—le preguntamos.

—La del banquero más rico y acreditado de Tánger, que vive en una casa muy próxima á ésta y tiene dos hijas jóvenes y muy guapas,—nos contestó.

Bastó esta noticia para que levantándonos de un salto y acepillándonos y puliéndonos con no vista presteza, nos brindáramos todos á acompañarle.

No nos pesó. La vivienda de los señores de Nahón, frontera á la Iglesia de nuestras misiones, recuerda por su arquitectura á las buenas casas de Andalucía, en las que se

_____

(1) Me resisto á escribir *fumoir* como á su puerta aparecía escrito.

uneñ y armonizan la regularidad y belleza
exteriores de las europeas, con la amplitud
y lujo interiores de las africanas. Como ellas
tiene hermoso patio y ventilados corredores,
alegrado aquél por el dulce murmullo de
una fuente y el piar de muchas aves, y adornados éstos con reproducciones de escultu-
ras famosas; y de aquellas mansiones se diferencia, para tomar carácter propio, por el
artístico y lujoso desorden en que para deco-
rarla se confunden los tapices flamencos con
los de Rabat y los muebles de estilo inglés
con los divanes y cojines orientales.

Cuanto el Sr. Díaz Moreu nos había dicho por el camino en alabanza y encomio
de las señoritas de Nahón, nos pareció pálido á la vista de aquellas dos muchachas de
espléndida y escultural belleza; blanca la una,
morena la otra; de undosa cabellera rubia la
primera, pelinegra la segunda, ambas eshel-
tas, inteligentes, ilustradas y amabilísimas.
Secundando á su madre, no menos afectuosa
que ellas, de tal modo nos atendieron y re-
galaron que sería yo muy ingrato si no apro-

vechara esta ocasión para expresarles mi reconocimiento.

A estas señoritas debimos, entre otros favores, el de poder contemplar el pintoresco traje hebreo, hoy únicamente usado en muy contadas ceremonias y solemnidades. Conocedoras de nuestros deseos abandonaron sin decir palabra el salón en que estábamos, donde á poco volvieron ostentando en su cabeza el *mejerma*, pañuelo de viva entonación que con la *esfifa* ó diadema bordada de oro y perlas y la *juaya*, ancha tira tejida de seda y oro cuyas puntas bajan hasta la cintura, constituye el suntuoso tocado judío. *Aljorzas* de peso y tamaño enormes pendían de sus orejas, gruesos collares de oro y esmeraldas reposaban en sus torneadas gargantas, y gruesas sortijas y pulseras les ceñían dedos y muñecas. Leves gasas en que la seda y el oro aparecían mezclados, tapaban la desnudez en que dejaban á los brazos las cortas mangas del *casó* de terciopelo verde y muy bordado como la *punta* que les cubría el pecho, como los zapatos y como la *chiraldeta* ó falda, ajustada á la cintura por ancha faja multicolor.

—¡Admirables, admirables!—exclamamos al verlas,—¿quién se atreverá á afirmar que no son ustedes judías?

—Nadie, so pena de mentir, porque lo somos. Eranlo en efecto como lo es todo el comercio de Tánger, y si tan hermosas, arrogantes y engalanadas como ellas, se presentaban sus ascendientes á los ojos de Salomón, se comprende que le inspiraran el *Cantar de los cantares* y hasta que dieran al traste con su prudencia y sabiduría.

En el deseo que de servirnos tenían aquellas encantadoras señoritas, ofreciéronse gentilmente á acompañarnos á los bazares árabes, y no hay que decir con qué gusto aceptaríamos nosotros su ofrecimiento.

Constituyen los tales bazares una de las

por su rareza y por la libertad en que para que los revuelva y manosee le dejan, é ignorante de su mérito y valor, querría comprarlos todos y consentiría en pagar muy caro su capricho. Es preciso que personas conocedoras del país y del paisanaje le acompañen y sirvan de amparo y escudo contra la obsequiosa porfía con que pretenden, y de ordinario consiguen embaucarle y socaliñarle los dueños ó encargados de estas tiendas, mercaderes judíos no más escrupulosos en sus tratos que sus colegas los cristianos de por acá; bien es verdad que unos y otros están fuera de las leyes de Moisés y de Cristo, y no tienen otro dios que Mercurio que también lo es de los ladrones.

Gracias á nuestros ángeles guardianes salimos nosotros de entre las garras de aquellas hambrientas fieras sin grave detrimento de nuestros bolsillos, que sólo se abrieron para comprar trajes de moros para los niños; chales y piezas de seda para las señoras; alfombras, tapetes, cojines, gumías, espingardas y preciosas pistolas para regalos y *coholeras*, que son los recipientes en que conservan las moras el *cohol* con que se agrandan los ojos, cajitas de plata repujada en que guardan el Corán, pebeteros de latón, agua de rosas, vistosos cachivaches de barro, babuchas y varias otras nada baratas baratijas para recuerdo típico de nuestra expedición. Total unos cuantos miles de reales. Cara visita.

***

Más grato recuerdo conservamos de la que á la noche hicimos á los señores de Arzallag, parientes de los de Nahón y como ellos obsequiosos y deferentes en extremo, y del almuerzo con que á la mañana siguiente se dignó agasajarnos en el severo palacio construído por Carlos III·para Legación de

España, nuestro representante en Tánger, el
Excmo. Sr. D. Bernardo Jacinto de Cólogan, uno de los diplomáticos que más hon-
ran á nuestro país, al que celosa y hábilmente ha representado desde sus más tiernos
años (diecisiete tenía cuando con la categoría de joven de lenguas comenzó á prestar
sus servicios) en los peores puestos de su
carrera, ingrata para los que como él tienen
más capacidad intelectual que flexibilidad de
espinazo.

Si supiera doblarlo, y si lograse arrojar
de su cerebro como á inquilinos molestos á
sus ideas propias, quedándose al nivel de
los que, teniéndole hueco por naturaleza,
pueden albergar en él á las ajenas que, como
aves de paso, se suceden al cambiar de las
estaciones, ó sea de los gobiernos, el señor
Cólogan llegaría al lugar que sus méritos le
señalan y la envidia le niega.

Presentes están en la memoria de todos
sus servicios á la humanidad y á la civilización como Ministro plenipotenciario de S. M.
en Pekín durante los azarosos y terribles

días del asedio de las legaciones europeas por los brutales *boxers*, servicios recompensados con desacostumbrada largueza por las potencias todas que se han honrado al honrar con sus más preciadas condecoraciones á quien, como decano del cuerpo diplomático acreditado en el Celeste Imperio, obstentó su representación en aquella calamitosa época con inteligencia y valor insuperables.

Como en prueba de esta última cualidad cita el Sr. Marqués de Villasinda en su interesante libro *Sombras chinescas* un episodio que es de los que, como dice muy bien, pintan de un rasguño el alma de un hombre. Es el caso, que recién llegado á Pekín el señor Marqués, su jefe, «en cuyo rostro habían dejado algunas huellas, sus recientes sufrimientos y privaciones, sobrellevadas con heroica entereza», huellas que por desgracia aún duran, le enseñó unos papeles de música, diciéndole: «Aquí tiene usted un vals que compuse á ratos durante el sitio, y que cuando usted entró, estaba yo limando y puliendo para copiarle en limpio y mandarle á mi hija

á quien le dediqué como recuerdo de lo ocu-
rrido». Maravillado quedó el citado escritor
y diplomático al escuchar á su jefe y más
aún añade cuando, cediendo á sus ruegos,
tocó el Sr. Cólogan aquel vals llamado el *de
los boxers*, «lleno de vida, de animación y de
brío, á pesar de estar compuesto en horas
de terrible angustia, durante las cuales á
menos de un milagro parecía inevitable la
muerte.»

Para el Sr. Cólogan, eterno optimista,
la insurrección capitaneada por el famoso
Muley el Rogui, (el rebelde) por sobrenombre Bu-Hamara, padre de la burra, mis-
terioso personaje de nacionalidad, historia
y aspiraciones no muy ciertas, pues se igno-
ra si es marroquí ó italiano (1), se desconoce si fué como algunos sospechan prestidi-
gitador de los que embaucan á las muche-

---

(1)   Compuesto ya este libro he tenido el gusto de recibir la visita del Sr. Ramos recién llegado de Fez. Gracias á esta circunstancia puedo decir que el Rogui tiene por verdadero nombre Yilah
ben Dris, es natural del aduar de Uad Issef, del territorio de Sara-
hena próximo á Fez, es de color bronceado, usa negra barba en forma de media luna y fué Kaimia (teniente) en tiempo de Muley
Hassam.

dumbres en los días de zoco y se duda si pretende el trono para sí ó para el sanguinario Muley-Mohamed, para el Sr. Cólogan, repito, la insurrección actual no tiene importancia mayor que cualquiera otra de las muchas discordias y guerras civiles que promovidas por santones ambiciosos ó fanáticos la han precedido en la agitada historia del Mogrheb, revolviendo y diezmando su población, amenguando su riqueza, arrasando su suelo, destruyendo sus ciudades y baciendo preponderar á unas sobre otras sectas y cabilas, pero sin dar lugar nunca á intervenciones extranjeras, único punto capaz de interesar y alarmar á las cancillerías europeas.

De esta opinión del Sr. Cólogan participaban los demás diplomáticos, que aconsejaron á sus gobiernos que desistieran de toda manifestación belicosa y suspendieran el proyectado envío á aguas de Tánger de barcos de guerra. Bien es verdad, que aquéllos de sus compatriotas que movidos de curiosidad ó por la necesidad aguijoneados, se internaban en territorio mauritano y llevaban su

atrevimiento á recorrer el de las cabilas de
Hyaina y de Ghiata, vecinas de Tazza y muy
afectas al Pretendiente, contaban con los cañones del *Infanta Isabel*, representante en
Tánger del poder naval de Europa (el *Reina
Amelia* sólo estuvo horas) como garantía del
respeto con que los insurrectos los trataban
y con la capacidad y grandeza del antedicho
armatoste como seguro asilo de sus familias,
amigos y servidores en caso de venir mal
dadas.

.

Confiada y tranquila como la diplomacia
acreditada en ella, la ciudad de Tánger,
mientras nos albergó parecía colocada á
millares de leguas del teatro de la guerra.
Sus habitantes, como de ordinario, se encaminaban á sus mezquitas, á sus huertas, á
sus tiendas y á sus baños con mesurado
andar y sereno continente, sin que el patriotismo les agolpase á las puertas de los edifi-

cios públicos en demanda de noticias ni la patriotería les reuniese en corrillos y pelotones para inventarlas.

¿Para qué? Para ellos el problema en apariencia planteado por la inadvertencia de los hombres, está en realidad resuelto por la previsión de Alah. Si lo que ha de suceder está escrito, ¿á qué inquietarse? El fatalismo proporciona una envidiable tranquilidad.

La que, pasadas las fiestas del pequeño Bairán, reina á la noche en Tánger no puede ser mayor. Ruando una de ellas por el intrincado laberinto de sus calles, embovedadas á trechos y siempre angostas, tortuosas y empinadas, no vimos más luz que la de las estrellas ni oímos otro ruido que una melancólica canturia de ritmo más acomodado para reflejar tristezas de muerte que alegrías de vida, con que la venida á ella del hijo de una amiga, celebraban diez ó doce enjaicadas moras que, repartidas en dos hileras pegadas á los muros de las cerradas casas, se dirigían á la de la parida para atenderla y felicitarla en el único trance de la vida en que las marroquíes son á la vez hembras y mujeres.

¡Infelices! Reconocida y proclamada por el Corán su inferioridad respecto de los hombres, son consideradas al nacer como una desgracia; al llegar á la adolescencia, como una mercancía; en la juventud, como campo de labor al que sus propietarios pueden ir como les plazca (1), y en la vejez, como una carga. Sus padres no las acarician ni las instruyen, y sólo se preocupan de ellas para atiborrarlas de *alborá* con que aumentar sus carnes y con sus carnes el precio de la dote, *sadacatu*, que el esposo ha de entregar á sus suegros al casarse. Sus maridos no se dignan acompañarlas en público, las alimentan de sus sobras, las relegan al interior de sus casas, acarician y festejan en su presencia á las esclavas y tienen potestad para vapulearlas si les desobedecen, y para repudiarlas si les cansan. Sus hijos, superiores á ellas, no las aman, y sus criadas, iguales, no las respetan. Sólo Dios,

(1) Versículo 223 de la Sura II, llamada de la Vaca.

que desde su altura ve á todos los seres del mismo tamaño, las consuela, prometiéndoles, por boca de Mahoma, idénticas recompensas que á los hombres.

Con no pocos de éstos tropezamos en nuestro paseo nocturno, que dormían cómodamente acurrucados en los umbrales de las puertas, sin que la policía los molestase. Algunos expedicionarios señalaron este hecho como prueba del estado de incultura de Marruecos, incurriendo en error mánifiesto, pues si se tiene en cuenta que cuanto más avanza un país por la senda del progreso, tantos menos de los llamados fines históricos desempeña su Estado para aplicarse con mayor afán al permanente de realizar el derecho, es injusto acusar al imperio Mogrhebino porque abandone la beneficencia, fin histórico, y realice el derecho tan celosamente que se anticipa á las demás naciones en reconocer y colocar entre los individuales el de dormir á la intemperie, no menos sagrado que el de la inviolabilidad de domicilio para los que de él carecen.

** *

Vagando á la ventura, acertamos á pasar por delante de una casa de apariencia tanto ó más modesta que las otras, mas no como ellas cerrada. De la misma puerta arrancaba una escalera estrecha, pina y mugrienta, por la cual, y apoyándonos en una soga que hacía de pasamanos, nos lanzamos en busca de aventuras, y dimos con nuestros huesos en una reducida pieza de pobre y extraño aspecto.

Era un café árabe. Al través de la densa nube de humo que lo llenaba distinguimos veinte ó más individuos que repartidos en corros, y con los pies descalzos y las piernas cruzadas á la usanza mora, jugaban á las cartas y se llevaban á lós labios alternativamente unos vasos de vidrio de color estrechos y humeantes, que sostenían, para no quemárselos, con el índice y el pulgar por la boca y por el fondo y unas larguísimas pipas de obscuro barro llenas de *kief* que ávidamente chupaban.

Apenas nos habíamos acomodado en el único banco y ante la sola mesa que en la estancia había, cuando el negro que servía de camarero se nos presentó trayendo en una bandeja de latón adornada con arabescas labores, unos vasos en que bullía el famoso té árabe, aromática infusión de esta planta y de hierbaluisa y hierbabuena, bastante estomacal y agradable.

Saboreándola estábamos, cuando tres de los que creíamos parroquianos vinieron á sentarse inmediatos á nosotros, provisto uno de ellos de una especie de pandereta llamada *tar* y los otros del *erbab* y del *guemberi*, instrumentos de más ó menos remota semejanza por su forma y modo de tocarse con nuestro violín y nuestra bandurria. Templados los cuales convenientemente, un músico con la mano y los otros dos con un arco y una púa, empezaron á herirlos, arrancándoles lentas, apagadas y quejumbrosas notas, que fueron paulatinamente creciendo en velocidad y elevación, sin menguar nunca en tristeza, sentimiento que prevaleció al través de todos los acordes y de las melodías todas, como si fuera inseparable compañera de los moros en la quietud de la paz y en el alboroto de la guerra, en sus amores y en sus odios, en su vida toda, tosca, primitiva y sencilla, como los cantos y tocatas que la reflejaban.

*_**

A pesar y despecho de la amable insistencia con que los Sres. de Arzallag y cuantos en su hospitalaria casa conocimos, rogaron al Sr. Canalejas que dilatara su estancia en Tánger, no pudo complacerles, y al tercer día, según tenía proyectado, se partió á bordo del *Mogador* con rumbo á Cádiz. Los referidos señores, los de nuestra Legación y los de la comisión militar, acudieron al muelle á despedirle, y revueltos y confundidos con ellos bajaron también muchos obreros, que con reconocimiento y júbilo estrecharon la mano del que tanto se afana y desvela en su defensa y servicio.

Antes picada que satisfecha mi curiosidad con lo visto en una población llamada de los moros la prostituta de los cristianos, quise no regresar á España sin antes ver á Tetuán, que tanto Ramos como el moro que de Ceuta vino, me representaban como recatada musulmana, virgen de todo roce y contacto con gentes de otra ley y de otra raza.

Por esta razón, vencida por mi terquedad, la cariñosa insistencia con que el Sr. Canalejas se oponía á la realización de mi proyecto, temeroso de que por el estado de agitación y trastorno del país me ocurriese algún percance en el camino, obtuve de su bondad que me dispensara de acompañarle en su retorno.

Mas como era ya muy tarde para emprender el viaje cuando zarpó el *Mogador*, decidimos Ramos y yo aplazarlo hasta la mañana del siguiente día y aprovechar lo que de aquél restaba, recorriendo á caballo los

alrededores de Tánger, que por la magnifi-
cencia de sus horizontes igualan si no supe-
ran en interés al recinto de la ciudad, que
con sus casas blancas de patios llenos de árboles y azoteas cargadas de flores, desde la
elevada cumbre del Marchán, á donde nos
dirigimos, veíamos como engastada en el
cerco de esmeralda de un bosque de pinos y
palmeras, chumberas y naranjos, vides y en-
cinas que bajan hasta mojar sus frondosas
ramas en las movedizas aguas del Estrecho.
Miriadas de pajarillos alegran aquel ameno
paraje con sus gorjeos. Frutos y flores lo
esmaltan. Puéblanlo *yin-nanats* ó cármenes
y merenderos. Arroyos y riachuelos lo cru-
zan y resfrían. Un océano de luz lo alumbra.
Otro de agua lo retrata y un cielo de sin
igual transparencia lo cobija.

Desde la altura en que estábamos, veíamos
frontera la costa española, replegándose para
formar senos, y avanzando para dibujar cabos desde el de Trafalgar, sepulcro de nuestra marina hasta el de Calpe, padrón de nuestra impotencia; y contemplábamos á nues-

tros pies la africana, extendiéndose desde el
promontorio de Malabat al Espartel, Ampe-
lusia de los gentiles, que consagraron á Hércules la mayor de las cuevas abiertas en su
basáltica mole en honor de su victoria sobre
Anteo, desaforado gigante, hijo de Neptuno
y de la Tierra y rey de Libia, que desafiaba,
vencía y mataba á cuantos extranjeros osa-
ban acercarse á su reino.

Esta cueva trae á la memoria la fundación
de Tánger, atribuída por el Padre Castella-
nos en su *Descripción histórica de Marruecos* al referido Anteo; suposición inadmisible
por falta de datos ciertos y seguros. Carecen también de este carácter los que sirven
de base á otros escritores para darle un origen no menos sobrenatural y remoto.

Prescindo de exponerlos para no entrete-
neros con relatos de patrañas, mas no de re-
cordaros algo de lo admitido como indubi-

tado por historiadores concienzudos y de seso, para que si llegara á litigarse la posesión de Tánger, tengáis presente que en cuatro distintas ocasiones ha formado parte del territorio de nuestra nación. Algo significará la repetición de este hecho.

Fundación fenicia, cartaginesa ó bereber es indudable que Tánger obedeció á aquel rey de la Mauritania, Boco de nombre, tan poco conocido al principio de la guerra de Jugurta del pueblo romano como estimado después por la perfidia con que le dió la victoria sobre el númida.

A la muerte de Boco II, hijo y sucesor del anterior, Augusto incorporó á su imperio la Mauritania y con ella á Tánger, á la que otorgó derechos y privilegios de ciudad romana. Claudio dividió aquella región en dos provincias, á la más occidental de las cuales Tánger, dió nombre y sirvió de capital. Diocleciano por primera vez la hizo española, agregándola á la Bética, cuyos límites, como en el capítulo IV dije apoyándome en Reclus, llevó hasta el Atlas.

Formando parte del Imperio Romano siguió Tánger hasta el año 426. Gobernábala
entonces por Valentiniano III el Conde Bonifacio, que enemistado con la emperatriz
Placidia, regente durante la menor edad de
su hijo, á despecho de su celo por la religión
católica tan ensalzado por Mariana, llamó al
Africa á unos arrianos, que tales eran los
vándalos, para que le vengaran de aquélla,
entronizándole en la provincia que mandaba,
parte de la cual les prometió en premio de
su servicio. Genserico, rey de aquellos bárbaros, capitán de grandes alientos y político
muy astuto, cuyas grandes prendas celebró
Jornandes (1), pintándole como «de compren-
sión profunda, corto en palabras, enemigo
de lujuria, en ira ardiente, habilísimo en buscar alianzas y práctico en sembrar discordias
y levantar rencores», aceptada la invitación
atravesó el Estrecho al frente de 80.000 hombres de conocido y singular esfuerzo, y favo-
reciendo primero á Bonifacio y atacándole y

---

(1) *De getarum sive gotharum et Rebus gestis.*

matándole luego en Bona, donde se había refugiado, atrayéndose con dulzura á los indígenas y llamando la atención y las fuerzas de Roma hacia otras tierras y contra otros reyes, hizo de la Mauritania un gran imperio. Tánger perdió entonces la capitalidad concedida por el afortunado conquistador, primero á Sorbas (Bugia) y luego á Cartago.

Un siglo gozaron los vándalos de su conquista. En 532 el tracio Belisario les forzó á abandonarla con sólo dos victorias y sometió la Mauritania al Bajo Imperio, ingrato pagador de sus servicios. De él formó parte hasta que á principios del siglo VIII la conquistaron los árabes, pero anteriormente entre 624 y 631, nuestro rey Suintila, de gloriosa memoria, había desposeído á los bizantinos de algunas plazas del litoral africano, Ceuta y Tánger entre ellas, que, hasta pocos años antes de la total destrucción y ruina de la monarquía goda en la triste jornada del Guadalete estuvo por segunda vez unida á la corona española, formando parte del condado, cuyo último jefe fué el aciago

D. Julián, imitador de Bonifacio en la ciega manera de satisfacer sus odios.

El glorioso Muza, debelador de la monarquía goda, completó la adquisición de la Mauritania con la de Tánger, que logró derrotando al bereber Warkantaff que la guarnecía. ¡Triste suerte la de los conquistadores de la hermosa ciudad! Así el que la arrebató á España como el que la ganó para Bizancio ciñeron en vez de laurel espinas, oyeron denuestos en lugar de alabanzas y se vieron perseguidos, pobres y depuestos cuando contaron hallarse atendidos, ricos y ensalzados. ¡Qué antiguas son la ingratitud y la envidia!

Dependiente del Califato de Damasco poco menos de un siglo, á fines del VIII, proclamó Tánger su independencia con Edris, nieto de Alí y de Fátima y perdióla á mediados del X, reinando Al-Hassan que tuvo que someterse á Abderramán III de Córdoba. Y he á Tánger por tercera vez incorporada á España.

Abolido el Califato cordobés en 1031 pasó la ciudad africana algún tiempo después al poder de los Almoravides, tan efímero como glorioso, luego al de los Almohades, que la elevaron al punto más alto de su fama y grandeza y después sucesivamente al de los Benimerines y sus allegados los Benioataces que la ensangrentaron con sus rivalidades y discordias.

Aprovechando éstas, que hasta 1500 se prolongaron, los reyes de Portugal movieron guerra á los de Marruecos y se apoderaron, como ya hemos visto, de la hermosa ciudad de Ceuta. Alentados con el buen suceso de esta empresa, en 1437 organizaron contra Tánger otra más atrevida que meditada. Componían esta expedición unos 7.000 hombres á cuya cabeza iban los infantes D. Enrique, explorador del *Bar-ed-Dolma* ó mar de las tinieblas y D. Fernando, gran Maestre de Avis. El 12 de Agosto partieron de Lisboa, el 27 arribaron á Ceuta y pocos días después cayeron sobre Tánger. Inmensa muchedumbre de moros, que los cronistas portugueses con evidente exageración elevan hasta 10.000 jinetes y 90.000 peones, deponiendo sus odios, acudieron al apellido de la *Djehad* ó guerra santa, y abrumando más con el número que con el denuedo á los sitiadores, les obligaron á rendirse y á acceder á la devolución de Ceuta, quedando don Fernando en rehenes del cumplimiento de esta promesa que no podía realizarse hasta que el Rey y su consejo la aprobaran.

Buen hermano el primero, inclinóse á hacerlo, mas hubo de desistir de su propósito por la viva oposición del segundo, y pasó por el dolor de dejar morir en Fez á aquel desventurado príncipe, llamado de los suyos el *Constante,* por lo que lo fué en la fe cristiana de la que en vano pretendieron apartarle sus carceleros.

Ansioso de vengar este desastre, el infante D. Pedro organizó una nueva expedición contra Tánger, tan adversa y sangrienta, que sólo en el asalto de un baluarte perecieron 200 hidalgos portugueses que dieron con su heroísmo nombre á aquella defensa.

Más afortunado Alfonso V, sobrino de los príncipes citados, arrebató á los musulmanes, tras largo y cruento asedio, las poblaciones de Alcázar-el-Zaguer en el Estrecho y Arcilla en el Océano, sembrando tal pánico entre sus enemigos que, sin ofrecer resistencia, más atentos á la vida que á la honra, entregaron la ciudad. de Tánger al Duque de Braganza en 30 de Agosto de 1471.

Posesión portuguesa desde esta fecha, pasó por cuarta vez á serlo de España, cuando por muerte del anciano Cardenal D. Enrique, sucesor de D. Sebastián, y por el valor y pericia del gran Duque de Alba, realizó Felipe II en 1580 la unión ibérica.

Al romperse ésta en 1640 todas las plazas y colonias procedentes de Portugal, en virtud del art. 6.º del Pacto de incorporación, hallábanse sujetas al mando de gobernadores naturales de aquel reino, que de modo unánime se adhirieron al movimiento separatista. Sólo Ceuta por la fidelidad de sus hijos siguió dependiendo de España.

El gobernador de Tánger, D. Rodrigo de Silveira, Conde de Sarceda, reconoció también al nuevo Rey, mas no tan abiertamente que satisficiera los deseos de sus goberna-dos, que, alzándose contra él en 1643, le depusieron y prendieron, encargando del re-gimiento de la ciudad, que no acertamos á recuperar en las dos intentonas que al efecto hicimos, al exaltado agitador Andrés Díaz de Franco. Tortuosa fué la política de Sarceda que, al regresar á su patria, se vió cargado de riquezas y honores cuando más bien por su tibieza mereció contraria suerte.

Graves dificultades tuvo que vencer Por-tugal para consolidar su independencia. Fe-lipe IV, aunque más amigo de frivolidades y devaneos que cuidadoso de los asuntos de gobierno, no se resignó fácilmente á la pér-dida de aquella provincia, y, para evitarla, depuesto el Conde-Duque de Olivares, que llevó su atrevimiento á darle como de broma la noticia de tamaña catástrofe; sometida Cataluña por el abandono de Francia y ami-ga ésta por la paz de los Pirineos, empren-dió en 1661 con gran vigor la guerra á

Portugal, hasta entonces flacamente sostenida.

La Reina regente doña Luisa de Guzmán, cuya ambición de mando tan funesta para España, había compelido al holgazán Duque de Braganza á comprometerse en la arriesgada empresa de que ella fué alma y vida, dando muestras de gran ánimo, no se amilanó al ver á Portugal invadido por las fuerzas del segundo D. Juan de Austria, y para contrarrestarlas buscólas en la alianza de Inglaterra, estipulando en 1662 el enlace de su Rey Carlos II con la princesa doña Catalina, su hija, de más virtudes que atractivos, según Goldsmith, que había de ser hombre muy desinteresado, cuando no consideraba como tales los 5.000.000 de libras esterlinas y las plazas de Bombay y Tánger que llevaba como dote la infanta portuguesa.

Al pretender los ingleses el cumplimiento de estas capitulaciones, opusiéronse tumultuariamente los tangerinos al de lo que á ellos se refería. Pero la industria de la reina Luisa halló modo de conseguirlo, poniéndose en inteligencia con los moros y moviéndoles al asalto de la ciudad. Entonces su gobernador, el Conde de Avintes, solicitó el auxilio del de Peterborough, que con 4.000 infantes y 60 caballos, repartidos en treinta y nueve naves, se hallaba en la bahía de Tánger.

Desembarcadas estas fuerzas, rechazaron á las asaltantes y tomaron posesión de la ciudad en nombre de Carlos II, que la conservó en su poder hasta 1684, en que las frecuentes acometidas de los moros y el descontento de los ingleses, que no hallaban en ella «más tráfico que el de sangre ni otra cosa que adquirir que heridas», le obligaron á abandonarla, no sin antes disponer la destrucción de las fortificaciones de que la había dotado.

* *
*

Hoy, que Tánger puede dar algo más que sangre y heridas, Inglaterra no se consuela de su pérdida. Para conservarla, ha dicho uno de sus hombres públicos, «un muro de bronce no hubiera sido demasiado precioso». No la guardó, pero se esfuerza en recobrarla. ¿Cómo? *Fingiéndose amiga para ser señora*, que diría el padre Isla; engañando al Sultán, á quien aparenta proteger con emplear en su servicio los de sus ingenieros, que le fortifican los puertos, y los de sus militares, que le instruyen el ejército, mientras cerca de él mantiene un agente secreto, Mackclean, que apoderándose de su ánimo con infames medios (1), procura *europeizarle*.

¿Para qué? Para provocar el actual alzamiento, que ella esperaba; porque sabe que siempre que un Sultán ha demostrado tibieza en la observancia de los preceptos coránicos, se ha levantado contra él, fingiéndose *madhí* ó enviado del Profeta, algún fanático que, en nombre de Dios, ha ensangrentado el imperio.

---

(1) Público y notorio es que entre las concubinas del Sultán figura una hija de aquel apreciable sujeto.

Y eso es lo que ella busca. Una guerra que le dé pie para intervenir en Marruecos á pretexto de pacificarle y le depare ocasión de quedarse con rica presa entre las garras en premio de su humanitaria labor.

VII

LA TRIBU DE ANYARA

LA TRIBU DE ÁNYARA ⁽¹⁾

L rayar el día que sucedió al del regreso del Sr. Canalejas, bajamos Ramos y yo de nuestro cuarto de la fonda al zaguán de la misma, donde nos esperaban un moro de rey, designado por la Legación de España para servirnos de guía y salvaguardia en nuestro atrevido viaje, el que con nosotros vino de Ceuta, de nombre Belassis, y más de mote que de condición *Valiente*, y hasta cinco moros más, dueños ó encargados de otras

---

(1) Separándome de la ortografía corriente, escribo Ányara, que es como suena Anghera en labios bereberes.

tantas acémilas de triste y menguado aspecto.

Compasión daba verlas. Como Rocinan-
te, tenían más cuartos que un real y más
tachas que el caballo de Gonela. Les falta-
ban carnes y les sobraban huesos y pellejos;
cojeaban de las patas y flaqueaban de las
manos; lloraban de los ojos y sangraban de
las mataduras... Un horror. Los arneses, tan
ruines como ellas, consistían en cruelísimos
bocados, que les abarrotaban la lengua, en
sutiles esteras, que hacían las veces de sillas, y en gruesas sogas, empleadas en sus-
titución de cinchas y de bridas.

—Con estas alimañas no se va á ninguna
parte, amigo Antonio—dije á Ramos.

—Este pillo nos ha engañado—contestó
él señalando al *Valiente.*—Me prometió que
nos proporcionaría las mejores mulas de Tánger y nos ha traído las peores del Imperio.

—Son buenas, son buenas—arguyó el
ceutí.—Subid en ellas y cargadlas sin miedo, que yo os prometo que llegaremos á
Tetuán.

—Llegaremos abiertos en canal—repuse yo con la mirada fija en la sierra que servía de espinazo á las pobres bestias.

—No llegaremos así—replicó Ramos,—porque ahora mismo voy á decir al intér-prete de la fonda que nos prepare las que nos ofreció anoche.

Estas palabras produjeron una tempes-tad de lamentos, insultos, amenazas, clamo-res, voces y gritos. Lamentábanse los que cuidaban de las caballerías del frustrado ne-gocio; Belassis les insultaba y acusaba de falaces y ladrones; el moro de rey les ame-nazaba con llevarles ante el *kadí* si nos fal-taban en lo más mínimo; nosotros clamába-mos en defensa de nuestro derecho; vocife-raba el intérprete, poniéndose de nuestra parte, y gritaban los transeuntes, reforzando las razones de la contraria.

Más de una hora duró la discusión, de la que, contra lo que yo temía, en lugar de sangre, brotó luz, prueba evidente de las grandes condiciones parlamentarias de los moros, quienes sin llamar á las manos en

auxilio de las lenguas, se ajustaron y convi-
nieron, proponiéndonos que utilizásemos las
caballerías allí presentes, cuyas excelencias
todos proclamaron, y que, prescindiendo de
sus aparejos, cuyas deficiencias unánime-
mente reconocieron, nos valiésemos de los
del intérprete, con lo que, á excepción de
nuestros bolsillos, todos quedaron contentos
y salieron gananciosos.

Forzados por la necesidad á aceptar esta
solución, montamos Ramos y yo en las mulas menos malas, mientras Mahomed aco-
modaba en las otras dos el equipaje y los
víveres, Belassis se subía á la quinta y el
moro de rey se encaramaba en la suya.

Debo confesarte, amigo lector, que me
sentí aquejado de algo parecido á miedo,
cuando, después de recorrer largo trecho de
la arenosa playa, la abandonamos para em-

boscarnos en las fragosidades de los montes que atraviesa el camino de Tánger á Tetuán y perdimos de vista á la primera de dichas ciudades cuyas baterías y cañones hasta entonces alcanzaban á defendernos de cualquier tropelía.

Pero también que me confieses quiero

que mi miedo tenía justificación bastante.

Entrábamos en el territorio de la tribu de Ányara, que goza fama de ser de las más fuertes y osadas del imperio, y sólo con las nuestras contábamos para contrarrestar su fuerza y poner coto á su osadía, si contra nosotros quería emplearlas, cosa que no me parecía difícil por lo opuesta á nuestras costumbres, desafecta á nuestra cultura, contraria á nuestra religión y enemiga de nuestra raza que pintan á esta tribu muchos autores.

A mayor abundamiento, desde que comenzamos á transitar por región tan temerosa, el *Valiente*, pillo redomado con puntas de salvaje y ribetes de loco, dió en hacer cuanto de su parte estaba para meternos el corazón en un puño, gritando sin cesar y sin cesar llevándose la escopeta á la cara y apuntando á las malezas como si entre ellas divisara ocultos enemigos.

¿Qué valdría contra los tales el moro de rey ó *majsnia* que nos acompañaba? Flaco y viejo (para ellos no hay reemplazos ni re·tiros) había de tener muy escasa fuerza física; y la moral que le daba su categoría de soldado del Sultán, ¿qué alcance podía tener entre individuos que niegan sus hijos al ejército de éste de quien sólo reconocen la soberanía espiritual y con quien únicamente para pagarle la *naiba* se relacionan?

Tampoco prometía darnos muy poderoso auxilio la miserable condición y traza de los tres ó cuatro moros que con diferentes pre·textos se habían ido incorporando á nuestra comitiva. Uno de ellos era un santo; no de los que ejercen el oficio por granjería, sino de los verdaderos, con el cerebro seco, el cuerpo consunto, la mirada extraviada y el ademán descompuesto. Iba como peregrino á la ciudad de Tetuán, santa por el número

y devoción de sus mezquitas, y aunque bus-
có nuestra compañía para el viaje, evitó durante su discurso toda comunicación con
nosotros, y todo roce con nuestras cosas,
principalmente con la mula que llevaba las
provisiones, por el impuro olor que el Bur-
deos y las magras exhalaban. Los otros eran
emigrantes que quisieron formar parte de la
caravana para buscar y solicitar en Tetuán
el amparo de otras con que atravesar el Riff
y vadear el Muluya para llegar á Argelia,
donde en recuesta de trabajo y de pan se dirigían. ¿Qué protección podríamos encontrar
en quien buscaba la nuestra?

Estos individuos, menos escrupulosos que
el santo, para pagarnos el favor que les ha-
cíamos, procuraron sernos útiles, ya soste-
niendo las caballerías cuando tenían que pre-
cipitarse por escarpadas pendientes, ya,
cuando al subirlas se retrasaban, aguijándo-
las cruelmente con afiladas púas, que les cla-
vaban hasta sacarlas sangre, cosa nada fácil
dada la poquedad con que por sus venas cir-
culaba. Como se vé, hay algo que rebajar

del decantado amor del mulsumán á las bestias. De amar, amará á las propias que coloca en el catálogo de las cosas que no presta, sabedor por experiencia del trato que reciben las ajenas.

*
* *

La pacífica y hospitalaria actitud de los individuos con que tropezamos disipó y desvaneció paulatinamente mis temores. El primer encuentro ocurrió á orillas de un río que por efecto de las últimas y abundantes lluvias venía crecidísimo. Las caballerías, al mojarse las corvas en su álveo, repugnaron pasar adelante, ya abriéndose de remos para buscar apoyo que contraponer á los tirones del ronzal que nuestros acompañantes les daban, ya levantándolos por el aire para contestar con coces á sus palos, con grave riesgo de jinetes y carga. Entonces de un grupo de viejas feas y semi-desnudas que lavaban unos guiñapos, después de hablar largo y tendido con las demás, se destacó y llegó á nosotros una, que nos sacó del aprieto brindándose cariñosamente á acompañarnos á vado más seguro. Cierto que luego alargó la sarmentosa mano y que no hizo ascos á la monedilla de plata que dejamos caer en ella, pero ¿acaso los europeos prestan algún servicio sin pensar en la recompensa?

*
* *

Por el camino que entonces tomamos, si camino puede llamarse á una vereda trazada por el sol y entretenida por los pasos de los hombres, afluían al *soco* de Tánger nutridos pelotones de montañeses, algunos de ellos á caballo y á pie todas ellas, con una criatura sujeta de cada mano y otra á horcajadas en una cadera.

Arrogante la cabeza, tostada la piel, tatuada la barbilla, saliente el pecho, breve la cintura, alto y enjuto el cuerpo, recogido el jaique, desnudas las piernas y adornados con grandes pulseras de plata los fuertes brazos, caminaban estas mujeres por entre precipicios y rocas con paso firme, varonil desenfado y altivo porte.

No más vestida ni menos arriscada que ellas se presentaría ante los conquistadores árabes aquella valerosa reina Kaina que detuvo el empuje de sus triunfadoras armas en estos mismos peñascos, cuyo dominio sólo perdió con la vida. Pero sus descendientes no vienen en actitud hostil. Su mirada es atrevida, pero simpática; sus manos no se mueven para herirnos, sino para saludarnos, y su boca no nos maldice, nos desea la paz con la sencilla fórmula de la montaña, *salama alikun,* de tal suavidad y dulzura en sus labios, que suena como una caricia en nuestro oído.

Las hazas de cultivo han desaparecido ha largo rato. El monte del Fahs, donde nos hallamos, sólo da jaras y lentiscos, palmitos y aliagas. La soledad ha reaparecido al dejar atrás los aduares de Feddhan Chapó, El M'Nard, Nuninech y Ain Zeituna, cuyos habitantes eran los que se encaminaban al *soco.*

Pero al abandonar la espesura de este monte por el llano largo, anchuroso y cubierto de menuda grama que á su pie se dilata, descubrimos al final de él una caravana compuesta de ocho ó nueve personas sobre otras tantas cabalgaduras.

A distancia, y envueltos todos en chilavas muy obscuras, difícil era juzgar del sexo y condición de los que la formaban. Pero Belassis, bien por que goce de privilegiada vista, bien porque pretendiera distraernos con una chanza, díjonos que claramente distinguía hasta tres mujeres, de las cuales, la que primero marchaba, debía de ser y era sin duda una señora de calidad de quien las otras dos parecían criadas.

Como en los varios días que llevaba en

Marruecos aún no había yo visto de cerca una mora distinguida, excuso deciros si para alcanzar á ésta aguijaría y agujerearía á mi montura. Pero todo fué inútil. El pobre animal aguantó pinchazos y golpes, impasible, sin salir de su paso. No tenía otro, ó si lo tenía era más corto.

Cada vez nos separaba mayor distancia, cuando he aquí que al llegar á unos árboles hacen alto y se apean los perseguidos viandantes. Redoblo mis esfuerzos. No perdono la púa, ni doy paz á la vara. Ramos me imita. Belassis y el *majsnia* nos siguen. Los peatones nos preceden, y al cabo de diez minutos llegamos sudorosos y jadeantes los tardos al bosquete de higueras donde los ligeros comen y reposan.

El *Valiente* no se había engañado. Formaban parte de aquel rancho tres mujeres. Echamos pie á tierra, y más como pretexto para verlas á nuestro sabor que para gozar del de nuestras provisiones, dimos principio al fin de éstas. Nuestra llegada produjo gran perturbación en los dos corros en que estaban repartidos los moros. Ni la señora que se sentaba en el uno, ni las sirvientes que se agrupaban en el otro quisieron dejarnos ver sus caras, y como para comer les era preciso tenerlas descubiertas, se volvieron de espaldas, cambiando de lugar con sus compañeros las últimas, con su marido la primera, que, por estar de viaje, gozaba de igualdad ante la mesa, en la que de ordinario sirven, pero no acompañan sus mujeres al moro.

Al volverse el que allí estaba, de porte majestuoso y claro rostro poblado de espesa y canosa barba, reconoció á Ramos, y á modo de saludo, disparó los seis tiros de su revólver. No pudo expresar su afecto con más fuego.

Cuando tras breve rato concluyeron de englutir nuestros vecinos, montaron en sus mulas (con más rapidez y valentía ella de lo que de su muelle vida pudiera esperarse), y prosiguieron su viaje al *Marabut* ó morabito, donde según él dijo se dirigían, sin asombrarse de que entrásemos nosotros á formar parte de su gremio, por ser en Ma-

rruecos práctica frecuente que todos los que
siguen la misma ruta se reunan.

∗

Una hora después nos despedíamos al
pie de la *Talà-Ech-Cherif* ó cuesta del santo, así nombrada por conducir á la *cubba* de
uno de ellos de gran prestigio y veneración
por sus virtudes y penitente vida. A su sepulcro acuden los criminales para acogerse
al derecho de asilo de que entre otros raros
privilegios goza, los enfermos y los tristes
en demanda de medicinas y consuelos, en
peregrinación los devotos, y todos para sus-
tentar con sus piadosos dones el culto del
difunto y el estómago del vivo que le cuida,
y hace de protector, remediador y con-
sejero.

Nuestros amigos suben la áspera cuesta,
como han hecho todo el camino, á la usanza mora, es decir, el marido delante; luego
los hijos; la mujer después, como la última

de la familia ó la primera de la servidumbre, que la sigue con tiendas, telas, víveres y enseres de cocina, señales de larga estada. ¿Para qué van á hacerla?; ¿qué desean? No son criminales. Tienen salud, sucesión, hacienda, hasta cariño. Otros afanes y ambiciones les son ajenos... Van como peregrinos. Van á cumplir una promesa; á prosternarse ante las cenizas del *marabut*, por cuya intercesión creen haber recibido el bien que apetecían, el restablecimiento de uno de sus hijos. El agradecimiento les lleva. ¡Si los criminales y los menesterosos no subieran la cuesta, ¡cómo se aburriría el morabito!

*_**

Cuando después de haber tocado con las suyas las manos de éste, les vemos llevárselas á los labios y al corazón, les enviamos con las nuestras el último adiós, picamos las caballerías y proseguimos nuestra derrota, más fiados en el cielo que en el suelo, más pendientes del sol que nos orienta, que de la vereda, que á cada paso nos desorienta escondiéndose bajo la maleza.

A media tarde cruzamos el aduar de Semmuij, empotrado como un nido de águilas en un tajo revestido de verdura selvática. Con la puerta de una de sus casas por dosel y un montón de basura por asiento, toma el sol, que ya no tiene fuerza, un pobre niño medio desnudo, medio raquítico é idiota del todo, que parece colocado adrede para despertar la caridad más perezosa.

Nuestros acompañantes le saludan con profundo respeto.

—Dadle una limosna—nos dicen.—Es un santo.

—¿Cómo un santo?

—Sí, un santo. Su padre lo fué. Dadle una limosna.

¡Dichoso país en que la santidad es respetada, hereditaria y productiva!

Mejor encuentro tuvimos al salir del aduar. En un pozo á él inmediato llenaba su cántaro una muchacha, como las tiendas de Cedar y como las pieles de Salomón morena, y hermosa como quien con ellas se comparaba. Y no os admiréis del símil, que sólo pasajes y escenas de la Biblia traía á la memoria el pozo aquel, con cuya agua, con la misma sencillez, amabilidad y donosura con que aplacó Rebeca la sed de Eliazer, templó la nuestra la mora.

Tan linda era, que Ramos no pudo resistir al deseo de dibujarla. Pero al verle ella armado de papel y lápiz, al punto imaginó lo que tramaba y echó á correr, temerosa de contravenir el Corán que veda toda representación de seres animados. Ni nuestras voces ni nuestras promesas consiguieron detenerla. No paró hasta que se vió al abrigo de las bardas del corral de la primera casa, si me permitís que así denomine á un montón de adobes superpuestos sin argamasa ni mezcla y coronados por un triángulo de paja.

* * *

Ya caía el sol y se levantaba un vienteci-
llo húmedo y fresco, cuando, perdida la es-
peranza de llegar á Tetuán, pasamos por la
falda de la montaña, en cuya empinada
cumbre busca el aduar de Dechar Jedid la
defensa que no puede darle su flaco vecindario.

Faltos de tienda donde acampar, propuse
yo que trepáramos al roqueño poblado en
demanda de albergue, pero prevaleció la opinión de Ramos, que fué que siguiésemos á
Quedigua, hoy capital de Ányara, por ser la
residencia de su *cheij-Kebir* ó jefe supremo,
Abd-el-Selam Dailal, personaje cuya autoridad reconocen y acatan los 30.000 habitantes de los ciento diez aduares que se extienden y dilatan desde el mar, á donde por el
famoso *Boquete* de su nombre asoma la
Tribu, hasta las estribaciones del Pequeño
Atlas, y desde el bajalato de Tetuán al de
Tánger, en un área de diecinueve leguas de
largo por once de ancho.

¿Quién creyera que una hora después habíamos de hallar á tan poderoso dignatario

con los pies descalzos, los brazos desnudos, la cabeza descubierta, y mal encubierto el cuerpo en tosca y sucia camisa, labrando la tierra en compañía de sus hijos y criados, de los cuales si algo le distinguía era el ardor con que trabajaba?

Al pasar por su vera, le saludamos con el ceremonioso ritual que de los visitantes del morabito habíamos aprendido. Contestáronnos él y los suyos con no menos respeto y comedimiento, y á poco, sentados en tierra, departíamos todos amigablemente más de ésta que de los que se la disputan.

Mas como, para su información, deseaba Ramos conocer, tanto la opinión del Dailal sobre las causas y efectos probables de la guerra, cuanto la conducta que pensaba observar en el desarrollo de la misma (punto de gran interés por el incremento que á la insurrección pudiera dar tribu tan brava y poderosa como la que gobierna), dirigióle al efecto varias preguntas, á las que el interpelado contestó diciendo, que él y los suyos permanecerían neutrales durante el

curso de la contienda, y aclamarían y reco-
nocerían luego al victorioso.

Aunque su respuesta más os parezca
europea que africana, es bereber legítima.
Es la expresión exacta de lo que piensan
las tribus berberiscas que, sólo nominal-
mente sujetas al Sultán y de hecho autóno-
mas, gobernadas por organismos propios,
Yemiaâs, y regidas por leyes y tradiciones
privativas, *kanuns*, poco se preocupan de
que este ó el otro jerife ocupe el trono, sa-
bedoras de que á cualquiera de ellos impon-
drán por la fuerza, si es preciso, el respeto
de su régimen. Es, además, la representación adecuada de lo que siente una raza,
que acusada por muchos de fanática, pero
indiferente como pocas, ha adoptado cuantas confesiones profesaban los pueblos que
la han subyugado, siendo sucesivamente y
con igual tibieza gentil, arriana, católica é
islamita. Una raza así, ¿puede interesarse
en una guerra religiosa?

***

No se admiró el Dailal de nuestra indumentaria, mas como individuo de una tribu guerrera, reparó con gran interés en nuestro armamento, y hasta nos rogó que para apreciar su precisión y alcance, le permitiésemos hacer algunos disparos. Maravillado quedó de las excelentes condiciones de las escopetas que llevábamos, y para que nosotros juzgásemos de las de su maüsser, nos invitó al mismo ejercicio. Ramos hizo un blanco prodigioso que le valió las simpatías de los espectadores, y yo no consentí en tirar por no perderlas.

Momentos después, acompañados de Abd-el-Selam y su séquito, entrábamos en Quedigua, asentada como para guarecerse de algaradas y rebatos en una elevada y abrupta colina, por entre cuyas peñas y quebraduras se precipita zumbando un arroyo de escaso caudal. La única calle en que se apiñan las chozas de este aduar, es más larga, pero no menos estrecha, quebrada y pedregosa, que las de los que antes habíamos recorrido. Sólo una casa merece tal nombre; la

del Dailal, que con orgullo muestra los agu-
jeros abiertos un año há en aquellos muros
por las balas del *sof* ó partido de un ambicioso candidato á la jefatura de Ányara que,
derrotado por los votos de la *Yemiaâ*, lo
fué también por los proyectiles del elegido,
quien perdió dos hijos en defensa de un
cargo de más honra que provecho, pues,
sobre no tener asignado sueldo alguno, obli-
ga al que lo desempeña á mantener á su
costa á los indigentes de la tribu y á hospe-
dar á los extranjeros que la visitan.

Cumpliendo gustoso este deber, ofreciónos el Dailal hospitalidad en su morada,
pero antes quiso que recorriéramos todo el
aduar. Nuestra visita fué un verdadero acon-
tecimiento. Las mujeres se asomaban á las
toscas empalizadas de entretejidas ramas que
delimitan los corrales de sus viviendas, y los
hombres las abandonaban para saludarnos,
felicitarnos é incorporarse á nuestra comitiva, que así engrosada, se asomó á la Escuela donde el *fakih* enseña á los niños á leer
y escribir el Código de Mahoma, y subió á

la *cubba* que corona el pueblo, cuyo santo protector debe de ser de muchas menos campanillas que el morabito de marras, á juzgar por la insignificancia de esta su sepultura, que sólo consiste en un círculo descrito á modo de paranza por enormes guijarros robados al arroyo y yuxtapuestos sin trabazón que los una ni cúpula que los cobije.

El huracanado viento que en aquella altura corría, forzónos á abandonarla prestamente, privándonos de gozar de la vista más espléndida que recuerda mi memoria y á descender en busca de refugio y abrigo á casa del Dailal.

Da acceso á ésta una reducida puerta de recios tablones unidos con gruesos clavos, que comunica con un reducido patio, en cuya ala izquierda deben de hallarse los establos á juzgar por los mugidos y balidos que de aquella parte procedían. En la frontera, dos ó tres toscos y desiguales escalones de piedra, facilitan la subida á una espaciosa pieza, cuyo pavimento desaparecía bajo modestas alfombras. Dos candeleros de latón la alumbraban y un saco suplía la falta de cristales de la ventana.

Á esta habitación, destinada á alojarnos, poco á poco acudieron todos los vecinos de la aldea para improvisar en obsequio nuestro una especie de reunión. Todos parecían cortados por patrón uniforme. Todos eran en la persona robustos, en la apostura gallardos, en la color oscuros, en el vestir rotos, en el hablar reposados y tardos para la risa. Todos llevaban escopeta y gumía, y, finalmente, todos fumaban *kief* en larguísimas pipas.

Desconocedor del idioma en que se expresaban, no entendí palabra de cuantas pronunciaron; pero Ramos me dijo después que exclusivamente hablaron de armas. Se comprende. Las armas defienden sus personas y haciendas de los ataques de las tribus rivales, aseguran su independencia de la autoridad del Sultán y hasta les dan personalidad política, pues ninguno de ellos, aunque haya cumplido los dieciséis años, puede deliberar ni votar en las reuniones de la *Ye-miaâ* si no posee fusil y gumía.

No deja de ser sabia y prudente esta medida. La *Yemiaâ el quebar* asamblea soberana que elige al *cheij* que ha de gobernar la tribu, fija la parte proporcional que á cada uno de sus individuos corresponde en el tributo debido al Sultán, dicta leyes nuevas, interpreta y ejecuta las tradicionales, *ka-nuns*, y administra justicia, entiende también en la declaración de la guerra, y los bereberes no encuentran justo que la voten los que á ella no hayan de concurrir.

¡Si así pensaran los pueblos que de cultos presumen, cuántos desastres y amarguras se habrían ahorrado!

Partidos los visitantes, ordenó el Dailal á sus dos hijos que nos sirviesen la cena; mandato que ellos, como muy obedientes, cumplieron con no pensada presteza. Bien es

verdad que no malgastaron el tiempo en
tender manteles, ni en adornarlos con flores, ni tampoco en cargarlos con los prolijos
adminículos de las mesas europeas, porque,
de mantel hicieron las alfombras, de servi-
lleta el revés de la mano, los dedos de tene-
dores y cuchillos, y rebanadas de pan de
platos y cucharas. Pero no por ello es menos de admirar la brevedad con que los
dos mozos aparecieron trayendo otras tantas ollas, donde en un mar de amarillenta
grasa nadaban huevos duros y blandas gallinas.

Á la redonda de una de las ollas nos sentamos los comensales de más elevada categoría: Ramos, nuestro huésped y yo; y en
torno de la otra se acomodaron los de menos
respeto: los hijos de Abd-el-Selam, Belassis,
el moro de rey, el santo, los emigrantes y
los criados. Unos y otros embaulamos con
excelente apetito cuanto delante había, sin
que fueran parte á quitárnoslo á los europeos la extraña manera de comer de los
africanos, que con las herramientas que ya

conocemos partían las gallinas en menudas briznas, que revolvían, hasta empaparlas bien en la grasa, para chuparlas luego y volverlas á someter por dos ó tres veces á la misma operación, ni la aún más extraña manera de dar á entender su contento por la abundancia y calidad de lo que engullían, que expresaban por medio de ruidos de los que aconsejaba Don Quijote á Sancho que prescindiera.

Acabada la cena, despidióse el anfitrión, dejando para nuestro servicio y guarda á uno de sus criados, que entretuvo gran parte de la noche limpiando sus armas y examinando las ajenas, componiéndoselas de tal suerte que siempre me hacía ver el cañón de la que manejaba en mi cabeza, como si por blanco tomara el de mis ojos, que yo no pude pegar hasta que satisfecho él de su tarea, se tumbó sin ceremonia en la misma pieza y sobre la alfombra misma donde los demás reposábamos.

* * *

Cuando el alba dió fin á aquella noche, confundidos con el gorjear de los madrugadores pajarillos y con el mugir y el balar de vacas y corderos, resonaron en el patio unos suaves cánticos de tonos bíblicos:

—Señor, no nos des carga superior á nuestras fuerzas.

—Señor, no nos castigues por faltas cometidas por olvido ú error.

—Señor, borra y perdona nuestros pecados y ten piedad de nosotros.

—Señor, danos la muerte de los justos y cúmplenos lo que nos has prometido por medio de tus profetas.

—Señor, no nos castigues el día de la resurrección, cantaban á coro el Dailal y su familia y servidores, que, vueltos hacia Levante, elevaban al Altísimo la *Essebáh*, primera de las cinco oraciones diarias prescritas por el Corán.

Muchos de sus preceptos descuidan los bereberes, pretextando su pobreza, para dejar de acudir á la Meca como *hachs* ó peregrinos, la falta de otras viandas para de-

vorar las carnes de los jabalíes de sus sierras y el rigor y aspereza de su vida para
eludir el penoso ayuno ramadánico. Pero
aunque el código islamita no ordenara esta
oración de la mañana, aunque no dijera que
á ella asisten los ángeles, no dejarían de re-
zarla, porque al amanecer todos los seres
rezan, adivinando que hora de tan sublime
majestad y hermosura sólo á Dios pertenece, según la frase de Mahoma.

Concluída la plegaria, Ramos, con palabras muy corteses, y yo, con no menos corteses gestos, expresamos al Dailal nuestra
gratitud por el buen acogimiento y agasajo
que nos había hecho, y nos despedimos de
él alegrando á sus nietezuelos con el brillo
y sonido de algunas monedas de plata y
aceptando la compañía de uno de los hombres del aduar, que, más para honrarnos
que porque nuestra seguridad lo exigiera,
nos escoltó hasta el límite de la tribu.

**
* **

Interminables nos parecieron las tres ho-

ras que aún empleamos en llegar al término
de nuestro viaje, por hacerlo al través de
una comarca, aunque hermosa, monotona,
y tan poco poblada, que ni por un aduar
atravesamos ni tropezamos más que con un
pobre tísico, que procuraba confortar con el
sol su pobre cuerpo al abrigo de una de las
veinte ó más *nualas* ó cabañas del *Sok el
jémis*, situado á no gran distancia de Tetuán.

Unas veces internándonos en revueltas
cañadas, rodando por medrosos despeñade-
ros otras, y las más subiendo empinados
cerros, llegamos, por último, á un enriscado
viso, desde donde, con inefable alegría, di-
visamos la inmensa, apacible y deleitosa
llanura de Tetuán, regada por tres ríos, de-
fendida por dos montañas, oreada por la
brisa del mar, salpicada de huertas y jardines é interrumpida y truncada por el triángulo de nieve de la ciudad santa, que desde
la amena ribera del Guad-el-jelú, donde apoya la base, se eleva en lento declive hasta
ocultar el vértice entre los matorrales y las
breñas de Sierra Bermeja.

VIII

TETUAN

...as que aun empezamos en llegar al término
de nuestro viaje, por incierto a través de
una comarca, aunque hermosa, monótona,
y tan poco poblada, que ni por un aduar
atravesamos ni tropezamos más que con un
pobre beber, que procuraba confortar con el
sol su pobre cuerpo al abrigo de una de las
vente y más enacion... cabañas del *Sois el
jenna*, situada a no gran distancia de Tetuan.

Unas veces internándonos en revueltas
cañadas, rodando por medrosos despeñade-
ros otras, y las más subiendo empinados
cerros, llegamos, por último, a un erizado
riso, desde donde, con inefable alegría, di-
visamos la inmensa, apacible y deleitosa
llanura de Tetuán, regada por tres ríos, de-
fendida por dos montañas, oreada por la
brisa del mar, salpicada de huertas y jardines é interrumpida y truncada por el triángulo de nieve de la ciudad santa, que desde
la amena ribera del Guad-el-jelú, donde apoya la base, se eleva en lento declive hasta
ocultar el vértice entre los matorrales y las
breñas de Sierra Bermeja.

VIII

TETUAN

TETUAN

—

O menos de dos horas emplearíamos en dar las vueltas y describir las eses necesarias para descender sin riesgo ni contratiempo desde la enriscada cumbre donde nos hallábamos al espacioso y ameno llano de Tetuán.

Fortificada esta ciudad, como todas las marroquíes de alguna importancia, interrumpen los lienzos de sus murallas varias almenadas puertas que toman los nombres de los lugares á donde conducen los caminos que de ellas parten. Por la de Tánger hubiéramos debido entrar nosotros, pero al vernos tan sucios y con tan malas monturas y acompa-

ñantes tan ruines, preferimos seguir á lo largo de los muros hasta alcanzar la *Bâb-el-aokla*
que da directo acceso al barrio europeo, llamado *M'sal-la-quedima*, por un antiguo pa-
rador que en él había. Una calle que en esta
puerta muere, no tan estrecha como el moro
desea ni tan ancha como aconseja la higiene,
nos condujo á la única fonda de que en Tetuán, y solamente en Tetuán, pueden servirse los europeos.

Como, según á Ramos había dicho, mi
intención al ir á esta ciudad, antes era aso-
marme al alma de sus moradores que recorrer sus calles; para ponerme en comunicación con aquéllos, apenas reparamos nuestras fuerzas y adecentamos nuestras personas, salimos de la fonda del *Sevillano* y, sin
ociosos rodeos, por lo más corto nos enca-
minamos á un círculo ó casino moro, sito en
el *Feddán*, plaza de inmenso é irregular pe-
rímetro llamada de España mientras duró
la ocupación de Tetuán por nuestras tropas.

*
*   *

Aquí vendrían como anillo al dedo cuatro
ó cinco sonoros párrafos que recordasen á
las generaciones venideras el grande aparato
con que por primera vez se celebró en esta
plaza el domingo 12 de Febrero de 1860 el
santo sacrificio de la misa. Pero renuncio á
escribirlos por dos razones. Primera, porque
ya hubo cronista harto más idóneo que yo,
que describiera la pompa del altar, el júbilo
de los soldados, la emoción de los moros, la
curiosidad de los hebreos y hasta la partici-
pación que la naturaleza, tan indiferente de
ordinario á nuestras alegrías como á nuestras
cuitas, tomó en la fiesta, alegrándola el sol
con sus más claras y cariñosas llamas, y co-
bijándola el cielo con su dosel más diáfano.
Y segunda; porque, según creo haber ya dicho y estoy seguro de repetir todavía, nuestra política con Marruecos debe ser politica
de paz, de amor y de concordia que consi-
dero ilícito perturbar, ni aún con la remem-
branza de nuestra victoria, por lo demás tan
estéril, que la aludida ceremonia religiosa
fué (y no exageró Alarcón cuando, aunque

con muy distinto propósito, lo dijo) el más
señalado triunfo que alcanzamos en Africa.
Esta misa nos costó cuatro mil vidas.

No fué barata.

El círculo á que Ramos me condujo no
obstante ser el punto de reunión de la más
encopetada sociedad masculina de Tetuán,
no tiene como sus similares europeos, ni
amplios salones de conversación y lectura,
ni biblioteca, ni comedores lujosos, ni con-
fortables baños, ni recreos menores y mayores. Es una pieza baja de techo y reducida
de espacio, que abre directamente y á pie
llano á la plaza y tiene por todo menaje una
limpia y modesta estera en el suelo, y en la
pared unos huecos para las babuchas.

Sin ellas, en la postura en que se representa á Budha, sorbiendo sonoramente sendos vasitos de té y fumando no kief, sino
magníficos vegueros .estaban en el referido
casino al entrar mi amigo y yo, hasta diez

ó doce socios en la edad diferentes é iguales en la gravedad y entono del porte y en
la elegancia y finura de las ropas.

Presentado á todos uno por uno, fuí en
igual forma obsequiado y, como solamente
de té disponían para regalarme, me pusieron
el estómago hecho un charco. Pero compen-
só con creces esta molestia la amabilidad
con que me acogieron y, sobre todo, los extremos á que llegaron cuando en el curso de
la conversación, que en español correctísimo
sostenían, les dije que procedía por línea
materna del reino de Granada.

—Como si de largo tiempo entre nosotros
vivieras te queremos ya, paisano nuestro,
que paisano eres, porque de Granada veni-
mos todos, exclamaron con orgullo; que así
como nosotros procuramos remontar el origen de nuestras casas á los compañeros de
Pelayo, de ínclita é incontáminada sangre
goda, así los tetuaníes se afanan por poner
como cabeza de las suyas á los de Sidi-
Mandri.

*
* *

Este Sidi-Mandri es el famosísimo Al-mandari, cuyo denuedo en la defensa de Granada tanto ensalzan y magnifican crónicas y romances. Cuando, destrozado á pesar de sus proezas el imperio nazarita, negóse su último Rey á aceptar el señorío de Purchena con que los vencedores le brindaban y pasó á Fez, Sidi-Mandri, tan leal como valeroso, no quiso abandonarle en la desgracia y acompañándole atravesó el Estrecho al frente de 400 caballeros de los 32 nobilísimos linajes de la perdida ciudad, que fué durante el largo período de la dominación árabe la residencia favorita de la nata y flor de su aristocracia, al decir del elegante novelista-historiador Pérez de Hita.

Muerto Boabdil defendiendo la corona del Rey de Fez, que le había colmado de mercedes y favores, Sidi-Mandri obtuvo de éste permiso para establecerse con los suyos al pie del *Djebel-Darsa* (Sierra Bermeja), entre cuyos riscos se veían los escombros de una ciudad un tiempo floreciente y á la sazón destruída, según afirman algunos escritores siguiendo las prestigiosas huellas del veedor Luis del Mármol, por las naves de Enrique III, que en 1400 llevaron á ella la desolación y el estrago para punir los desafueros de sus piratas. Como quiera que la crónica del Rey doliente no da cuenta de esta expedición, y, por muchas que sean las deficiencias de la parte no escrita por Ayala, no era ella empresa para pasada en silencio, muchos dudan de que ocurriera (1).

Destruída ó no Tetuán por las fuerzas castellanas, su ruina anterior á Sidi-Mandri es cosa cierta y averiguada, de igual modo que su reedificación por el paladín granadino, quien, como capitán prudente, cuidó antes que nada de atender á la defensa de la nueva ciudad, construyendo para ello la alcazaba con el castillo de Adives, cavando los fosos y levantando y torreando los muros. Gobernó bien; se atrajo con dulzura á

---

(1) La crónica dice: Año décimo (1400). «No cuenta la historia ninguna cosa». Creo, sin embargo, recordar que Gil González Dávila se ocupa de esta expedición en su *Historia de Enrique III*, pero no tengo esta obra á mano para verificar la cita.

las cabilas que al principio le ofrecieron porfiada resistencia; hizo afortunadas correrías contra los cristianos de Ceuta y Tánger, con cuyos despojos enriqueció á la ciudad, murió llorado de los suyos y fundó una dinastía que rigió con cierta independencia el pequeño cantón hasta 1567, en que aprovechando las rivalidades de los dos bandos, Bu-Alis y Bu-Haxen, en que se había dividido, la señoreó el Rey de Fez.

Fervoroso creyente Sidi-Mandri, cuidó también de construir una mezquita, al subir á cuyo alminar hallaba siempre el almuédano un atalaya encargado de otear y avizorar el llano al que más de una vez, doblando el *Djebel* de *Beni-Hosmar*, asomaron los belicosos rifeños para impedir la continuación de los trabajos de defensa y traza de la nueva ciudad. Y cuenta la tradición, que con objeto de que este vigía no se durmiese ni descuidase, se hallaba obligado á repetir incesantemente: ¡ *Tet-Tagüen!*, ¡ *Tet-Tagüen!*, ¡ *Abrid el ojo!*, ¡ *Abrid el ojo!*, grito al que tanto se encariñaron los vecinos de la ciudad que quisieron que sirviera de nombre á ésta.

El juicioso Mármol, por la seriedad de su obra, no transcribe esta conseja y dice, pero no explica, que Tetuán significa *sólo un ojo.* Otros suponen que su verdadero sentido *es lugar de las fuentes,* por ser muy numerosas y de claro y abundante caudal las que tanto en Sierra Bermeja como en la de Quitan brotan y corren, deslizándose por sus laderas hasta dar en el llano, que siempre verde y florido mantienen. Ramos y el Sr. González, Canciller intérprete del Consulado de España y erudito arabista, participan de esta opinión y la relacionan con el nombre del más antiguo barrio tetuaní, aduar de donde salió la actual población, llamado *El Aiun, los ojos,* por los numerosos ojos ó manantiales por donde llora la tierra la enorme cantidad de agua que le riega.

***

Por lo que pude notar en esta primera en-
trevista con marroquíes de distinción, dedu-
je que son refractarios al visiteo, de que
tanto gustamos nosotros. Ni Sidi-Erzini, ni
Sidi-Brisa, hermano del que tan cortesmente tratatamos en Madrid, ni Sidi-Ziu-Ziu,
hijo de un antiguo diplomático, ni Sidi-Ara-
gón, ni Sidi-Molina, ni Ali-Selam, personaje
respetable por su ancianidad y saber, historiador, poeta é ignorado colaborador del padre Lerchundi en sus gramáticas y dicciona-
rios, ni ninguno, en suma, de cuantos en el
casino se solazaban, llevaron su bondad para
conmigo hasta el extremo de ofrecerme sus
casas, á pesar de tenerlas lujosísimas y de
conocer el afán de los europeos por visitarlas. Es más: cuando sin ambages ni circun-
loquios, con la confianza que dan el paisanaje y el tuteo les manifesté los deseos que
tenía de ser recibido en ellas, buscaron corteses efugios para no satisfacerlos.

—La mía nada vale; pero con todo te la
enseñaría si no estuviera en obra—dijo
uno.

—Tengo un niño con viruelas y temo que te contagies—añadió otro.

—Yo, por mi negocio, sólo paro en casa á la noche, y á esa hora no es posible que vayas—agregó un tercero.

Y así sucesivamente. Sólo Ziu-Ziu, por falta de cabeza ó sobra de corazón, no halló ó no quiso hallar excusas. Pero, como hombre de poca voluntad, que cumple á regañadientes un penoso deber, aplazó para el día siguiente el cumplimiento de éste á que le obligaba su cortesanía.

Por lo demás, muy amables. Este mismo Ziu-Ziu, aunque como buen musulmán, debe de ser poco dado al ejercicio, para darnos gusto se avino á hacerlo en nuestra compañía por la campiña de la ciudad santa, que es de lo más delicioso y ameno que puede imaginarse.

Impenetrables setos formados con pitas y nopales de espinosas pencas delimitan y defienden las bien cultivadas huertas, que riegan y fecundizan tres ríos, el Guad-el-jelú, el Mehan-nesch y el Adua, sangrados por mi-

llares de acequias, cuyas orillas tapizan y esmaltan variadas hierbas y flores. Banca-les de hortalizas y legumbres alternan en la parte llana con vides, olivos y numerosísi-mos naranjos, cuyas flores y frutos logran crecido precio en el vecino mercado de Gi braltar, constituyendo, por tanto, una de las mayores fuentes de la riqueza de esta vega, abundante también en praderías de excelen-tes pastos, que comparten ovejas, cabras y vacas.

Nunca están solas éstas. Grandes banda-das de zancudas y blancas aves (1) con su agudo pico escarban entre sus patas ó pun-zan en sus lomos. Nuestra presencia no las atemorizó. Siguieron impertérritas su tarea. Pregunté la causa de su atrevimiento á mis amigos y me dijeron que obedecía al pro-fundo respeto con que las trataban los mo-ros, no sé si porque, según popular conse-ja, proceden todas de una en que fué con-

_____

(1) El Sr. Ramos me dijo que se llamaban en castellano *resne-ros*, nombre que yo no he encontrado en el Diccionario, y en ára. be *tair el bhar*.

vertido cierto musulmán para purgar sus pecados, ó porque purgan ellas de insectos vacas y praderas. Higueras y nogales se extienden por las faldas de *Djebel-Darza* y *Djebel-ed-Beni-Hosmar* hasta los cabos Negro y Nazari, en que respectivamente concluyen. Arrayanes y otros arbustos trepan hasta sus cumbres, y á ellas asoman cada vez en menor número manadas de monas que se van corriendo al interior, hacia el Atlas que cierra el horizonte.

* * *

Este valle fué la Santa Elena de un hombre inferior en genio, pero no en ambición á Bonaparte; de un hombre que lo abandonó para buscar una corona y volvió á él para encontrar la muerte; de un hombre que cambió de religión cuantas veces convino á su medranza, y no halló fosa cristiana, mahomética ni hebrea que admitiera sus huesos; de un hombre que hizo estremecer de

miedo á emperadores, y de amor á sulta-
nas, y se vió vendido y traicionado por sus
servidores más ínfimos.

El hermosísimo paisaje y el recuerdo del
desventurado Riperdá nos trajo á la memoria la más conocida de las odas del Maestro
León, que para confortar á aquél parece escrita. ¿Qué lugar mejor que este y quién
como él para exclamar al divisarlo:

> ¡Oh campo, oh monte, oh río!,
> ¡oh secreto seguro deleitoso!,
> á vuestro almo reposo
> roto casi el navío
> huyo de aqueste mar tempestuoso?

Pero era ambicioso y mundano á prueba
de desengaños y no supo vivir

> á solas, sin testigo,
> libre de amor, de celo,
> de odio, de esperanzas, de recelo,

ni distinguir en el aire aquel

> ..... manso ruido,
> que del oro y del cetro pone olvido.

No los olvidó, y murió, no de enfermedad, de despecho, al ver sus ilusiones de

poder y de gloria, para cuyo vuelo habían sido dos continentes reducido espacio, prisioneras en este valle, entre el Atlas, que las cerraba el camino de África, y el mar, que les cortaba el paso á Europa, en cárcel cuyas llaves no había Josefa Ramos capaz de falsear.

¡Josefa Ramos! Cuánto lloraría el favorito de Lala Yanet á aquella humilde y animosa mujer que le acompañó en todas sus peregrinaciones, le sostuvo en todos sus desalientos, le consoló en todas sus desventuras, y para quien sus contadas felicidades fueron pesares sin cuento.

Cuando más tranquilos y descuidados nos hallábamos gozando de las delicias del campo y compadeciendo á quien no supo adivinarlas ni sentirlas, unas sonoras carcajadas y unos agudos y prolongados gritos que, al parecer lanzados por gargantas meninas, procedían de detrás del seto á cuyo abrigo estábamos, vinieron á turbar el silencio y á soliviantar nuestro ánimo.

No transcurriría un minuto, cuando franqueando el referido seto y saltando y corriendo sin interrumpir su ruidosa y alocada algarabía, aparecieron ante nosotros hasta cinco ó seis moras que, al vernos, con prontitud cesaron en sus expansiones y se envolvieron en sus jaiques, no dejándonos ver sino los grandes ojos y los diminutos pies escondidos en rojas babuchas de finísimo tafilete.

Esta circunstancia, la nitidez de sus envolturas y el suavísimo olor de azahar y rosa que de sí desprendían bastaron á hacernos comprender que se trataba de encopetadas damas de la ciudad y no de modestas campesinas.

Así era en efecto. La huerta que á nuestra espalda teníamos pertenece á un rico mercader de Tetuán, muy amigo de Ziu-Ziu, y las retozonas moras eran, según éste nos dijo, la mujer del mercader y varias de sus amigas que, invitadas por ella, venían de pasar la tarde bailando y bromeando en su amena huerta.

Estas giras campestres, las visitas de los viernes á los cementerios y el baño ó *jaman* de los sábados son los únicos esparcimientos de las pobres musulmanas, condenadas á ociosa y aburrida reclusión, que únicamente entretienen pintándose y adornándose para agradar á sus maridos. Pero si á éstos consagran la mayor parte de la vida, no falta quien sospeche, que de la menor disponen en su perjuicio y que estas partidas de placer y la asistencia á los cementerios y á los baños son menos inocentes, piadosas y limpias de lo que á primera vista pudiera pensarse. Que estando siempre encerradas procuren aprovechar los contados instantes de libertad de que disponen es posible. Que igualadas todas por el uniforme jaique lo hagan sin dificultad ni peligro es probable. Y que el tunantón de Ziu-Ziu aprovechara la tarde es fácil. Alto, delgado, elegantísimo, de rostro pálido, ojos negros

dos y manos señoriles, seguro estoy de que
este moro encuentra á muchas de las que se
extravían al ir al cementerio y entretiene
á no pocas de las que se retrasan al volver
del baño.

A la puerta de la fonda del *Sevillano* encontramos al volver de nuestro paseo á Belassis y al *majsnia* esperándonos para comer
con nosotros el primero y para despedirse
el segundo, que apenas embolsó la propina
que complacidos le entregamos picó su blanca mula y salió arreando por el camino del
Fondak para llegar á Tánger con el alba.

Para esperar ésta, aun no estando tan mo-
lidos como estábamos, por recurso hubiéramos tenido que meternos en la cama. En
París, en Madrid, en Valladolid mismo, molesta á vecinos y forasteros *l'embarras du
choix* del sitio donde pasar la noche ó sus
primeras horas por lo menos. En Tetuán la

ausencia total de distracciones da resuelto
el problema.

Aunque dormimos diez horas y empleamos bastantes en el tocador, no serían las
nueve de la mañana siguiente, cuando cru-
zando el *Feddán*, que por no ser día de zoco
se hallaba desierto, nos enderezamos á la
Alcaicería y demás barrios comerciales de
la ciudad á donde llevaba á Ramos la necesidad de equiparse y armarse como *yebli* ó
moro montaraz para efectuar con el menor
riesgo posible el viaje á Fez.

Muchas callejuelas recorrimos en busca
de los diferentes artículos que mi amigo necesitaba, porque en Tetuán, y aun creo que
en todo Marruecos, el comercio se halla re-
partido como en gremios; y aquí se venden
sillas de montar, bridas y gualdrapas, allı
mercería, babuchas en esta calle y chilavas
en la otra. Ninguna de éstas tiene nombre;
en todas el piso es sucio y desigual, irregu-

lar el trazado y pobre el caserío, y muchas se hallan sombreadas por empalizadas de caña que se apoyan en los tejados de las casas.

Un paseo por las calles de Tetuán es divertidísimo. Como únicamente por los tres citados motivos salen las moras, los moros salen para muchas cosas que á nosotros nos parecen ridículas; para ir á la compra, por ejemplo. Y al revolver de cada esquina tropezáis con pomposos y arrogantes mocetones, fieles retratos del que trazó vuestra fantasía de Gazul ó de Abenámar, que no vienen de retar á Albenzaide por celos de Zaida, ni de despedirse de Adalifa para ir á la guerra, sino de regatear la media docena de sardinas que llevan en la mano. Y más allá veis á un anciano de venerable aspecto y luenga barba de plata que envidiarían Averroes y Avempace comprando una chuleta de cordero, y á otro de belicoso aspecto ajustando dos libras de judías, y á otro correctísimo examinando al trasluz un huevo de dudosa frescura. Y os asomáis á las tiendas y encontráis á los distinguidos socios del casino vendiendo cintas y maderas de olor y al seductor Ziu-Ziu midiendo las varas de una *rasâ* (1).

La reclusión de la mujer explica que el moro compre, pero ¿qué razón hay para que siendo rico y presumiendo de aristócrata se pase el día en una tienda, alejado de su familia, privado de sus comodidades y repasando las noventa y nueve cuentas de su rosario para vender por valor de diez pesetas? Comerciar es señal de nobleza, dicen unos. Mahoma fué comerciante. Es cierto, pero lo fué de otra manera. No es lo mismo exportar á la Siria en grandes caravanas los productos de la Arabia que vender una vara de paño ó media libra de dulces. Ha de haber otra causa. Tal vez sea que cada una de estas tiendas es un verdadero coche parado, como decimos en España. Ante ellas desfila toda la población masculina de Tetuán y en ellas se detienen todos los amigos para

---

(1) Tal nombre tiene la tela blanca y muy fina que en unión del rojo fez forma el turbante.

murmurar, cuchichear y hablar de la compra de un fusil, de la actitud de los Benideres, del precio de los limones y de la guerra ahora, evitando así á sus dueños el visiteo á que son tan refractarios.

***

Así que Ramos se pertrechó de cuanto había menester abandonamos los barrios comerciales, y por pendientes callejones subimos al amurallado recinto de la Alcazaba. En ésta, como en la de Tánger, tienen su asiento el palacio del Bajá, el cuartel, la cárcel, la tesorería, el castillo y otras dependencias oficiales.

Al cuartel, inmenso edificio para lo que allí se acostumbra, da cierto carácter monumental el hermoso arco de herradura que le sirve de puerta. Arrimados á sus jambas y tendidos en su umbral se hallaban cuando por allí pasamos el *ága* ó coronel y muchos otros jefes, oficiales é individuos de la clase de tropa abigarradamente equipados y armados, que esperaban fumando y con los fusiles abandonados en tierra, que dieran las doce para acompañar al bajá *Sidi Kadur Bel Sazi* á la gran Mezquita, en la que debía dar pública lectura de la carta dirigida por el Sultán á los tetuaníes, manifestándoles que la insurrección iba ya de pasada, y que con el favor de Dios esperaba dominarla pronto y totalmente.

No dejó de sorprenderme la fraternal promiscuidad de estos militares que, repartidos por el afecto, mas no por la jerarquía, en varios corros, jugaban á un juego parecido á nuestro tresillo, y cuando perdían y juzgaban responsable del percance al compañero, le insultaban é injuriaban aunque fuera su superior. También me admiré y no poco, de la facilidad con que hasta los que de guardia estaban, consentían que se les cogiesen y examinasen las armas, cosa terminantemente prohibida por las ordenanzas de todas las Naciones.

**

Como no nos era lícito penetrar en la Mezquita, y no nos interesaba ver ni la tesorería, ni la cárcel, ni el desfile del Bajá *Bel Sasi* y su séquito porque suponíamos que todo ello sería igual ó muy parecido á lo que en Tánger habíamos visto; después de presenciar las mencionadas escenas proseguimos nuestra ascensión al castillo.

En una vasta explanada que al tal precede había sido instalado en aquellos días un campo de tiro, donde los más encumbrados aristócratas se hallaban adiestrándose en este ejercicio; no porque pensaran tomar parte en la guerra, sino como medida de precaución y prudencia por si los Benideres se decidían á dar el ataque con que de largo tiempo venían amenazando á la ciudad.

Estos Benideres, berberiscos, habitadores de las sierras aledañas de Tetuán, pocos en número, pues á dos mil no llegan; pero turbulentos, atrevidos é indigentes, bajando de los riscos y fragosidades donde asientan sus guaridas, afligen con continuas molestias y mantienen en constante zozobra y sobresalto á sus ricos vecinos, ya saliendo al camino del *Fondac* para apoderarse á viva fuerza de los víveres con que otros más pacíficos montañeses acuden al *Zoco*, ya penetrando tumultuariamente en Tetuán para saquear y pillar sus casas.

Preso un Benider en una de estas refriegas, iban casi de diario muchos de la tribu á verle y á gestionar su libertad, que el Bajá para escarmentarlos tenazmente les negaba. Tal era la causa de las amenazas de los de afuera y de las inquietudes de los de adentro, que á la noche patrullaban la ciudad y guardaban sus puertas, y de día se ejercitaban en tirar al blanco para tirar al Bereber si se presentaba el caso.

Hablando con los tiradores y alabándoles por su destreza estábamos Ramos y yo, cuando de pronto y con el susto que podéis figuraros, sentí que cogiéndome por las axi-

las me levantaban en el aire, me separaban
del grupo y huían conmigo. La escena que
siguió no pudo ser más chistosa. Mientras
yo agitaba como aspas de molino piernas y
brazos, procurando golpear y herir á mi rap-
tor, éste aceleraba su carrera, Ramos y los
moros le perseguían sin conseguir alcanzarle
y le gritaban que me soltase, y todos los pe-
rros de la vecindad, atraídos por la novedad
del espectáculo, le ladraban metiéndosele
entre las piernas más que las de Atalanta
veloces. Si un soldado no se le opone, mi
hombre no se detiene y da con mis huesos...
en Ceuta; ¡porque era Belassis! ¡Belassis el
Valiente! que contestó sin alterarse á los insultos é improperios de moros y de cristianos, diciendo que, para cumplir la palabra
que en Tánger empeñara al Sr. Canalejas de
defender mi vida, me había seguido hasta la
explanada del Castillo, y me había arranca-
do de allí para que no me la arrebatase algún proyectil torpemente disparado.

Algunos comentaristas del Corán, poco
conocidos en Europa, dicen que estando de

viaje no es pecado usar y aun abusar del vino. A los tales comentarios se había atenido Belassis.

⁂

Desde las almenas del castillo que corona y proteje á Tetuán, se divisa toda las ciudad, cuya blancura interrumpen los sucios pisos y los no limpios sombrajos de las calles, las plantas y las flores de las azoteas, las palmeras de los patios, los multicolores azulejos de los minaretes de las mezquitas y los banderines que sobre éstas flamean.

El castillo está pésimamente pertrechado. Un cañoncillo que fué nuestro, y que al embarcar nuestras tropas cayó á la playa, de donde lo cogieron los moros para no soltarlo, á pesar de las justas reclamaciones de España, y algunos otros de procedencia inglesa, anticuado sistema y corto alcance, constituyen toda su artillería, como se ve no muy temible.

Es asombroso que una ciudad importante

por su población, que la mayor parte de los
autores hacen ascender á 30.000 habitantes,
cifra para Marruecos respetable, apetecible
por la fertilidad de su dilatada vega y expuesta como ninguna á un golpe de mano
de cualquier potencia europea por su proxi-
midad á la costa, se halle tan desamparada.

Pero es achaque antiguo este descuido.
En el siglo XVI, cuando mayor era la activi-
dad y ·esplendor de su comercio, que para
dar salida á sus productos disponía de 15 bajeles propios, cuando acrecían su riqueza
las frecuentes visitas de los corsarios de
Argel, que en la desembocadura del Guad-
el-jelú tomaban agua y hacían panática,
tenía por toda defensa las fortificaciones que
á continuación y á título de curiosidad trans-
cribo de Mármol, que juiciosamente hace
notar su pobreza. «Á la parte de fuera de la
puerta del castillo por do se baxa al arrabal
de la ciudad, dice, está un caballero (1) de

***

(1)   Obra interior que se levanta sobre el terraplén de la plaza y
sirve para defender una parte de la fortificación, dice el Diccionario de la Academia.

tres tapias en alto terraplenado, donde tienen los moros cuatro cañones pedreros y
una culebrina y algunas otras piezas de hierro. Alrededor del castillo hay 10 versos (1)
puestos entre las almenas, todos de hierro,
*más para espantar que para poder hacer
daño,* porque está mal encaualgados y no
tiene municiones para ellos en cantidad,
sino muy pocas y muy ruines».

La única fuerza de Tetuán en aquella
época consistía, según el referido autor, en
sus 400 soldados de á caballo, en sus 1.500
peones, entre escopeteros y ballesteros, y,
sobre todo, en sus galeotas y bajeles. Por
esta razón, fué para su prosperidad terrible
golpe la destrucción en 1564 de esta flota
por la de D. Álvaro de Bazán, compuesta
de las ocho galeras del Consulado de Sevilla y de cuatro de la marina Real, cuyos tri-
pulantes, á despecho del denuedo con que
árabes y bercheres acudieron á estorbarlo,
talaron la campiña y cegaron la barra con

---

(1) Pieza ligera de la artillería antigua, que en tamaño y calibre
era la mitad de la culebrina, definición del mismo Diccionario.

piedras y peñas llevadas de Gibraltar en varias chalupas.

Las cuatro de la tarde serían cuando,
puntuales á la cita con Ziu-Ziu, nos presen-
tamos Ramos y yo en el círculo de la Plaza
de España, y ya habrían dado la seis cuando, después de haber temido, y no sin fundamento, que nuestro amigo dejase de cumplir lo que tanto dilataba, por él guiados salimos en dirección de su casa.

Si tuviera que volver solo á ésta, seguramente me perdería en el dédalo de enmara-
ñadas callejuelas, iguales todas en conjunto
y en detalles, que recorrimos hasta avistar-
la. Solamente mis pies saben lo que subimos
y bajamos y las vueltas que dimos para
hacerlo.

Una vez en la puerta, abrióla Ziu-Ziu con
una llave que en la mano llevaba y penetró
en el zaguán luego de indicarnos que le es-

perásemos fuera. Así lo hicimos, y al cabo
de breves instantes, acompañado de un mu-
chacho que con un candelero le alumbraba,
tornó para rogarnos que pasásemos.

—Dispensad, nos dijo. — He ido á pre-
venir á las mujeres.

Prevenirlas equivale á retirarlas, y hé
aquí porqué los moros aborrecen las visitas.
No son tan inhumanos que, ya que obliguen
á aquéllas á pasar entre cuatró paredes toda
el día, quieran molestarlas inútilmente, pri-
vándolas de solazarse en el patio ó en las
piezas principales.

El zaguán de la casa de Ziu-Ziu nada
tiene de notable. Es un pasillo estrecho,
largo, encalado y desprovisto de muebles y
de adornos. El patio, cuadrado y espacioso,
tiene un lindo pavimentó de menudo mosaico, una fuente central con taza de mármol y arrogante surtidor, y unos arcos de
herradura que forman la galería baja y sos-
tienen la alta. Los muros de una y otra se
hallan revestidos de azulejos de primoroso
dibujo y vivo colorido, hasta cosa de dos

metros del suelo, también taraceado de chinas y pedrezuelas como el del patio.

Sin detenerse un punto Ziu-Ziu y su acompañante, para que contempláramos estas bellezas, precediéndonos por angosta escalera, nos condujeron al dormitorio de aquél, rectangular aposento, cuya única puerta se abre en la galería, y cuyo vasto espacio dividen en dos estancias varias columnas de delgado fuste de brillante mármol. En ambas, el piso desaparece bajo gruesos y ricos tapices de Rabat, que imitan al mosaico en la variedad de colores y en la simulada diversidad de piezas.

Ocupa uno de los extremos de la sala exterior un altísimo lecho de bronce de cuatro ó cinco colchones forrados de amarilla seda, sin sábanas, mantas ni colchas de que los moros no usan, porque sin desnudarse se tienden y acuestan sobre aquéllos. A los pies de este lecho hay otro bajo y humilde, que ocupa la mujer siempre que no es absolutamente indispensable su presencia en el conyugal, á cuya cabecera y colocadas formando artística panoplia se ven multitud de armas blancas y de fuego, europeas y africanas. Alfanjes damasquinos de fino temple y hermosas aguas, montantes de Toledo de grandes gavilanes, gumías de hoja curva y áurea empuñadura, espingardas de largo cañón y abrazaderas de plata, fusiles Lebel y Remington, de todo hay allí — de todo — menos Maüsser. Esta falta hace desgraciado á Ziu-Ziu, que daría para remediarla hasta el arcón de oloroso cedro, pintado, dorado y embutido, que guarda el ajuar y las preseas de su mujer y ocupa el otro extremo de esta primera sala.

En la segunda, cuyo piso se eleva sobre ésta algunos centímetros, bajos y lujosos divanes de seda, sobre los cuales descansan cojines también sedeños, corren á lo largo de las paredes, en la mitad inferior tapizadas de damascos encarnados y verdes que rematan formando combados arcos, y en la superior adornadas con grandes espejos de molduras doradas y claras lunas que llegan hasta la bien labrada techumbre de madera.

Sentados en los susodichos divanes estábamos Ramos, Ziu-Ziu, el moro del candelero que pensábamos sería su criado y re-
sultó ser hermano suyo, y yo, cuando se presentó ante nosotros una sudanesa de feo rostro y opulentas formas, cuyo vigoroso con-
torno maliciosamente acusaba el sutil y ceñi-
do traje de percal encarnado y blanco á rayas, que la envolvía de garganta á rodillas y
dejaba al descubierto las piernas y los brazos
adornados con grandes aros de plata. Del
mismo metal eran la pesada bandeja y el servicio sobre ella dispuesto que con sus atezadas
manos colocó al alcance de las de su dueño,
quien, sacando de la labrada cajita en que el
té venía la cantidad que juzgó necesaria, la
puso en una de las dos teteras, que con el
azucarero y cuatro péqueños vasos comple-
taban el servicio, y esperó á que volviese la
negra que vino ahora para traer en una vasi-
ja de cobre agua hirviendo, con la que llenó
las teteras, y desapareció de nuevo para de
nuevo presentarse con otra bandeja de plata
en la que se parecían tiernos y sabrosísimos

panes y bollos, un pebetero en que ardían algunas brasas y un bote lleno de maderas y raíces olorosas.

Cuando todo estuvo á punto, y no tardó poco en ocurrir, porque Ziu-Ziu es hombre que gusta de hacer las cosas á conciencia y no quiso servirnos el té sin someterlo á repetidas pruebas, nos llenó las tazas y cortó de las aromáticas maderas algunos trozitos que echó sobre las brasas del pebetero, con lo que la habitación se llenó de grato perfume y voluptuosísimo humo, entre cuyas leves gasas las formas de la negra, lejos de desvanecerse y esfumarse, aparecían cada vez más provocativas y tentadoras.

Puede que no dejaran de ser causa de este efecto los granos de ámbar gris y las hojas de verde menta que con el té hirvieron y en su compañía pasaron á nuestro cuerpo. Los moros, como de la composición de este brebaje se infiere, no perdonan ocasión de prepararse y apercibirse para las más dulces batallas de la vida. Previsión prudentísima, porque siendo muchos y muy esforzados los combatientes con quien han de habérselas, toda precaución es poca para no hacer un papel desairado en la refriega.

* *

Apuradas las tres tazas de té reglamentarias y fumados algunos más cigarrillos europeos, sin que nos mostrara ninguna de esas llaves de las fortalezas y casas de Granada, que, según autores, como sagrado tesoro conservan los tetuaníes, nos despedimos de Ziu-Ziu, yo tal vez para siempre, y en compañía de su hermano que con una linterna nos fué alumbrando por las calles de Tetuán, de toda iluminación desprovistas, nos dirigimos á la fonda, de la que aquella noche con Belassis salimos para ir á la judería, separada en Tetuán como en todo Marruecos de los otros barrios por murallas.

Construyó esta judería en 1808 el más ilustre de los Sultanes de la actual dinastía fileIí, Muley Solimán de imperecedera memoria, restaurador y embellecedor de la Ciudad Santa, amigo de la paz, padre del pueblo y libertador generosísimo de los cautivos cristianos.

Su planta es cuadrada, estrechas, pero regulares sus calles y modestas sus casas, que tienen de las africanas el patio central y la doble galería circundante y de las europeas los huecos de las fachadas. Los moros la designan con el nombre de *Mel-lah* que significa lugar salado, dan á sus moradores el de *Beni-Clifá*, hijos de la carne corrompida, y explican la etimología de estas palabras con la tradición siguiente:

El pueblo árabe y el hebreo venían de muy antiguo discutiendo sobre cual de ellos era más agradable á los ojos de Dios. Los primeros se ufanaban con que del linaje de Ismael nacería el único y verdadero profeta. Los segundos se enorgullecían pensando que en la descendencia de Isaac tomaría forma humana el mismo Dios. Como las disputas religiosas alteraban, enardecían y enconaban ya por entonces los ánimos lo mismo que ahora, á fuerza de insistir en ellas, el afecto que recíprocamente se profesaban las dos ramas de la familia de Abraham se enfrió, la frialdad se hizo antipatía, la antipatía se convirtió en aversión, la aversión degeneró en odio, y como odiarse estérilmente no es propio de pueblos valerosos vinieron á las manos. La victoria fué de los árabes, quienes, para evitar nuevas disputas en que de nuevo se pusiera en duda el divino favor de que gozaban, pasaron á cuchillo á todos los varones de Judea, con lo cual ninguna de sus mujeres podía pretender concebir al Mesías. Pero es tal la fuerza de la fe y á tales extremos lleva, que fiadas aquéllas en las profecías, no se dieron por derrotadas y se arrojaron sobre los putrefactos cadáveres con transportes y caricias tan ardientes que lograron encender y sostener los deseos de los helados y desmayados cuerpos, de manera y por tiempo suficientes para que pudiera remediarse la pasada carnicería y seguir figurando en la historia el pueblo hebreo.

Pero éste, nacido de impía cópula y de

came corrompida, ya no es como fué el antiguo, rival por sus virtudes del ismaelita, sino sucio, despreciable, rastrero y abyecto; razón por la que los moros evitan su contacto relegándole á barrio aparte que llaman salado por la sal con que suponen que se conservan las carnes muertas que le habitan, y obligan á sus individuos á vestirse con trajes especiales que impidan molestas confusiones, á descalzarse al pasar por delante de las mezquitas, á cederles el paso en calles y caminos y, lo que más importa, á no llevar armas con que defenderse y á satisfacer al Sultán un tributo en pago de la hospitalidad que de él reciben.

Repártese esta contribución llamada *Dchesia* á razón de nueve pesetas por cabeza, y aunque este hecho debiera servir para determinar exactamente el número total de israelitas residentes en Marruecos, lo estorba la mala fe de los exactores que, valiéndose de la obligación que los judíos ricos tienen de pagar por los pobres, se entienden en cada localidad con uno de aquéllos, de ordinario el más acomodado, quien siempre halla modo de disminuir el número de cabezas sometido al impuesto.

Por esta razón, mientras unos autores suponen que sólo hay 35.000 en todo Marruecos, otros elevan la cifra á 100.000, y contrayéndonos á Tetuán, nadie sabe á punto fijo su número, que, según cálculos prudentes, oscila entre 5.000 y 6.000, procedentes en su mayoría de los que, á instigación del fanático Torquemada, tuvieron la debilidad de expulsar de España los Reyes Católicos, de aquellos 400.000 infelices que, según el cura de los Palacios «daban una casa por un asno e una vinna por poco panno e lienzo, porque non podian sacar oro nin plata, sinon ascondidamente»; que tal recompensa tuvo el celo y probidad con que cooperaron á la toma de Granada.

Mucho dice en honor suyo, y como escritor imparcial lo consigno para propalarlo, que á pesar de la ingratitud, arbitrariedad, vejamen y expoliación de que fueron víctimas á su salida de un país cuyas riquezas

administraron con honradez inmaculada durante dos centurias, tal vez las más gloriosas
de su historia, dando al olvido la inmotiva-
da afrenta, enlacen con amoroso orgullo el
nombre de ese país con el suyo propio y se
llamen *Gerrouch*, ó desterrados de Castilla,
se rijan por sus leyes y hablen su idioma
que, por conducto de ellos, aprenden los
marroquíes.

En la puerta del *Mellah* tropezamos con
la guardia que desde fines del siglo XVIII
sostiene ésta, como todas las juderías, para
evitar la repetición de las crueldades de que
las hizo víctimas el sanguinario Muley Ya-
zed que, imitando á nuestro Arcediano de
Écija, mató á muchos de sus moradores
para saquear y pillar sus viviendas y pagar
con el botín á los *bukaris.* Ningún obstáculo
opuso esta guardia á nuestra entrada, ni nos
molestó en la hora muy larga que en el *Mellah* pasamos, recorriéndolo en todos sentidos
y asomándonos á las ventanas de sus casas,
para escuchar al través de ellas, rumor grato
á nuestro oído, el rasgueo de la guitarra y

los aires andaluces con que adentro se solazaban.

Una puerta estaba abierta. Lanzarnos por
ella era una tentación. Mucho dudamos
antes de decidirnos, pero enterado Belassis
de la causa de nuestras vacilaciones, dijo:—
Adelante, y penetró él primero con resuelto
desenfado como si fuera acompañado del
derecho.

Escalera arriba, desembocamos en la galería. A ella daba una pieza rectangular y
modesta, adornada con pobres muebles por
mitad europeos y orientales Un joven hebreo, pálido, melenudo y vestido de oscura
túnica, punteaba una guitarra. Dos lindas
muchachas, trajeadas á la europea pero con
pañuelo de seda de vistosos colorines muy
ajustado á las sienes, tocaban las castañue-
las. Otra, joven también, cantaba, y dos
viejas, cuya nariz y barbilla se confundían
por lo inmediatas, las acompañaban con
las palmas, sentadas en un rincón al lado
de un anciano de barba patriarcal y cabellera riza, oculta en parte por el pañuelo de

seda con que de ordinario se tocan los judíos.

Nuestra llegada apagó las voces, detuvo las manos y paralizó las piernas, haciendo cesar canto, música y baile. Pero nadie protestó de la intrusión ni repuso palabra á las amenazas y denuestos que vomitaba Belassis para obligar á la mísera gente á que continuase su zambra. Entonces Ramos y yo disculpamos cortesmente nuestro atrevimiento con la agrable sorpresa que al escuchar aires de nuestra tierra habíamos tenido, y mil veces pedimos perdón á los judíos de haberles interrumpido y molestado, con gran escándalo de Belassis que se oponía á toda conciliación é insistía en imponerse por la fuerza.

Aquella familia aceptó benévolamente nuestras excusas, ofreciónos sillas y refrescos, cantó dos ó tres coplas en obsequio nuestro y nos acompañó á la puerta al retirarnos. Sólo bien podemos decir de ella. ¿Por qué no había de ser amable por bondad y sí por cobardía, cuando precisamente

la única ocasión en que se hallan los hebreos capacitados para defenderse es al ver
invadido y violado su domicilio?

Esta supuesta cobardía de los judíos, por
asociación y contraposición de ideas, me
trae á la memoria aquel saladísimo artículo en que donosamente se burlaba *Velisla*
del valor de Perseo, quien para luchar con
el espantable serpentón que amenazaba de-
vorar á Andrómeda, se pertrechó de la espada de Marte, forjada y buída exprofeso
por el dios de las fraguas para el de la guerra; del yelmo de Plutón, que le hacía invisi-
ble; de la cabeza de Medusa, que petrifica-
ba á su contrario, y de los borceguíes alados
de Mercurio, que le aseguraban la retirada
por el aire en el caso improbable de que la
fiera ciega y paralítica, intentara perseguir-
le. En tales condiciones, ¿qué mucho que el
hijo de Dánae fuera valiente? Pues bien,
imagináos á los judíos obligados á sedenta-
rios trabajos de escritorio, que merman y
debilitan sus fuerzas, constreñidos á andar
sin armas en un país cuyos habitantes todos

van armados hasta los dientes, imposibilita-
dos por la ley para rechazar cualquier agre-
sión de que sean víctimas, y desatendidos
de los Tribunales, ante los que nada significa su palabra y hace fe la de sus contra-
rios, y decidme si su pusilanimidad no equivale á la forzosa inacción de la serpiente y
si el valor de sus perseguidores no es parecido ó igual al de Perseo.

Llamarles cobardes es injusto, calumnio-
so. Valerosa es una raza que un tiempo en-
rojeció con su sangre muros de ciudades y
campos de batalla y dispersó con sus ague-
rridas huestes las más numerosas y muy
bravas de amalecitas, madianitas, filisteos y
asirios. Valerosa es una raza que tuvo héroes por Jueces y por Reyes, engendró pas-
torcillos que derribaron gigantes y procreó
viudas que cortaron á cercén cabezas de ti-
ranos. Veinte siglos de persecución y vasallaje la han bastardeado, pero poned á los
actuales judíos en las condiciones de sus
abuelos y los veréis dignos nietos de Gedeón
y de Helí, de Josué y de Saúl.

*
* *

A la mañana siguiente ... ... Ramos, deseándose ... y felicidad sin cuento en su arriesgado viaje ... ... a mano de ... que ... y todo, es muy ... me ... en una ... ... a la ... y, en compañía de su ... que montado en otra yegua fuerte cargado de equipaje, salí de Tetuán por el Río-Martín, ... a andar no Martín y ... ... en dirección a ... construido en su ... y allí tome un vapor francés para Gibraltar ... ... tres.

No sin pena salí, é ... y me ... ... que hasta ..., de aquel país tan parecido al nuestro por su estructura, por ... por ... y hasta por su pobla-
... que no habremos dado cima y remate

feliz á la grande obra de nuestra unidad nacional, en tanto que su anexión no consigamos. ¿Cómo lograrla? Difundiendo y derramando nuestra cultura, dilatando y extendiendo nuestro comercio, que los maestros y los viajantes son los generales y los misioneros del siglo XX.

Abril, 1903

FIN

ÍNDICE

—

Lightning Source UK Ltd.
Milton Keynes UK
UKHW010750211118
332624UK00007B/531/P